CALENDAR GIRL

Août

Audrey Carlan vit en Californie avec ses deux fils et l'amour de sa vie. Quand elle n'est pas en train d'écrire, elle fait du yoga, boit des verres avec ses amies de cœur ou est plongée dans un livre.

Paru au Livre de Poche :

CALENDAR GIRL

1. Janvier
2. Février
3. Mars
4. Avril
5. Mai
6. Juin
7. Juillet

AUDREY CARLAN

Calendar Girl

Août

ROMAN TRADUIT DE L'ANGLAIS (ÉTATS-UNIS)
PAR ROBYN STELLA BLIGH

HUGO ET COMPAGNIE

Titre original :

CALENDAR GIRL – AUGUST

Ce livre est une fiction. Toute référence à des événements historiques, des personnages ou des lieux réels serait utilisée de façon fictive. Les autres noms, personnages, lieux et événements sont issus de l'imagination de l'auteur, et toute ressemblance avec des personnages vivants ou ayant existé serait totalement fortuite.

ISBN : 978-2-253-07037-5 – 1re publication LGF

Chapitre premier

Je suis à peine sortie de l'aéroport que des bras me soulèvent et me font tournoyer dans les airs. Des lèvres moites se posent sur les miennes et je baigne dans le soleil, l'océan et le parfum de mon homme. Je ne saurais dire si je suis détendue ou excitée. Je suce la lèvre inférieure de Wes comme une sangsue, affamée, désespérée de le sentir tout entier sur moi.

Enveloppe-moi. C'est ma seule pensée tandis que Wes tourne ma tête d'un côté puis de l'autre pour approfondir le baiser et marquer son territoire. C'est loin d'être approprié si on considère qu'on est en public.

— Trouvez-vous une chambre ! s'exclame une voix d'adolescent, brisant nos retrouvailles.

Mon nez caresse le sien, savourant son odeur, la manière dont ses cils s'agitent comme les ailes d'un papillon, comme s'il avait lui aussi du mal à se faire à l'idée que nous formons un couple. Wes et Mia.

— Salut, Bébé, je murmure d'une voix grave qui trahit combien il m'a manqué.

Sa main quitte ma nuque pour remonter dans mes cheveux.

— Ma meuf, chuchote-t-il d'un ton émerveillé, secouant la tête avant de m'embrasser tendrement. Allez viens, rentrons à la maison. Miss Croft a préparé un véritable banquet pour ton retour.

— Ah bon ? Tu as dit à Judi que je venais ?

— Bien sûr. Il fallait bien que je lui dise que ma petite amie venait passer la semaine, histoire qu'elle soit prête !

— Que vous êtes attentionné, Monsieur Channing…

En entrant dans la limousine, je cambre les fesses. Son regard ne manque pas de se river dessus, comme un chat sur une souris. Je les remue, puis je cherche son regard.

— … troisième du nom, j'ajoute avec un clin d'œil.

Il secoue la tête et me met une fessée qui claque comme une bulle de chewing-gum. Elle va laisser une trace, celle-ci.

— Monte, Chérie. Le temps passe et je veux te prendre avant de te nourrir.

Il entre à son tour dans la limousine avec une grâce inégalée. Cet homme est sublime. Il est grand et mince, avec de beaux abdos sculptés qui se devinent sous son polo fin. Son bermuda et ses Vans révèlent qu'il est surfeur avant d'être un riche réalisateur de films.

Le chauffeur vient juste de démarrer lorsque Wes remonte l'écran pour séparer les deux habitacles. Je me demande un instant s'il va faire le premier pas, mais c'est une question idiote. Nous sommes bien trop impatients après une semaine de séparation. Il m'attire brusquement sur ses genoux et saisit mon cul tandis que je m'installe à cheval sur lui.

— Tu vas réaliser mon fantasme et me laisser te prendre ici ?

Ses yeux verts sont brûlants de désir. Je secoue la tête et frotte mon entrejambe contre son érection grandissante. Je balance mon bassin d'avant en arrière et je continue jusqu'à ce que nous soyons tous les deux haletants.

— Non. C'est moi qui vais te prendre, je réponds en souriant.

Il remonte ma jupe et passe sa main dans ma culotte pour mieux empoigner mes fesses.

— Chérie, fais ce que tu veux de moi. Prends ce que tu veux, je suis tout à toi. Du moment que je suis en toi, je ferai tout ce que tu voudras.

Ses paroles m'excitent encore plus et mon clitoris se met à pulser. Je ne perds pas de temps et me relève pour me débarrasser de ma culotte avant de m'agenouiller à ses pieds pour m'occuper de son short. Bingo ! Sa queue jaillit, je la saisis immédiatement. Wes ferme les yeux et grogne, laissant retomber la tête contre le siège en cuir. Une goutte de liquide préséminal couronne son gland, trop belle pour ne pas l'avaler.

— Putain ! gronde-t-il en serrant les dents et en baissant la tête au moment où je la lèche.

Je lève les yeux et découvre mon homme sur le point de perdre le contrôle. Dans quelques secondes, je sais qu'il me ramènera sur ses genoux pour me prendre. Je le sais, et il le sait. Wes a l'habitude de garder le contrôle. Je sais qu'une fois que j'aurai posé mes lèvres sur sa verge, je n'aurai que quelques instants pour en profiter. Je ne dis pas que Wes n'aime pas ma bouche, bien au contraire, mais une pipe ne l'intéressera qu'une fois qu'il m'aura fait grimper au rideau.

Je tiens fermement la base de son sexe et suce son gland, le titillant avec ma langue, avalant le liquide qui en sort. Quand il avance le bassin, je le prends dans ma gorge et lorsqu'il touche le fond, je déglutis autour de lui. Comme prévu, il craque. Il saisit ma nuque et fait quelques allers-retours.

— Baiser ta bouche, grogne-t-il. Oh oui, prends-la, gronde-t-il. C'est tellement bon. Prends-moi encore dans ta gorge, Bébé.

Il met un grand coup de bassin et je détends ma mâchoire en respirant par le nez. Une fois au fond de ma gorge, il s'immobilise.

— Tu me prends tellement profond. Putain Mia, je t'aime.

Il se retire entièrement et me saisit sous les aisselles pour me soulever sur ses cuisses. Mes jambes sont écartées, ma chatte ouverte, et il s'aligne sur ma fente.

— Maintenant, prends ce qui est à toi, Chérie.

Je ne perds pas une seconde. Je le prends en moi, profondément, comme j'ai imaginé le faire toute la semaine. Comme souvent, il glisse sa main entre nous pour titiller mon clitoris et je retiens mon souffle. J'accélère le rythme, l'invitant en moi jusqu'à ce que je ne sache bientôt plus où il commence et où je finis. Le temps semble ralentir et nous ne sommes bientôt plus qu'une masse informe de chaleur, de plaisir et de luxure. Wes tient mes épaules, m'enfonçant sur lui au moment où il se soulève pour plonger en moi. Je gémis dans sa bouche et il avale mon cri.

Mon orgasme jaillit soudain, sans prévenir, s'appropriant tous mes nerfs, remplissant chaque pore de ma peau tandis que Wes continue de me marteler avec sa verge épaisse. Lorsque je ne suis plus capable de le chevaucher, il se penche en avant, passe sa main dans mon dos et, un genou par terre, il m'allonge sur le sol. Je suis perdue dans mon euphorie et je sens déjà un nouvel orgasme se préparer.

— Wes, Bébé…

C'est tout ce que je parviens à dire.

Il répond en remontant mes genoux sur ma poitrine afin de s'enfoncer un peu plus en moi. C'est à la fois impossible et réalisable. Un cri m'échappe et, cette fois, il n'essaie pas de l'étouffer. Ses coups de bassin accélèrent.

— Mon Dieu, ce que ta chatte m'a manqué. J'adore ta chatte, Bébé. Je veux mourir ici. Un jour, quand on aura quatre-vingt-dix ans, je mourrai en te baisant. Comme ça.

Ses hanches dessinent un cercle et il s'appuie de tout son poids sur moi, me pénétrant encore plus loin.

— Donne-le-moi, grogne-t-il.

— Je te l'ai déjà donné, je dis, lui rappelant que j'ai déjà joui.

Bon sang, cet homme est une machine. Il ralentit son rythme, prenant son temps, alors que je le croyais en fin de course.

— Non, il m'en faut un autre. Je veux sentir ta chatte étrangler ma bite. Je veux jouir quand tu es toute serrée. Ensemble, Chérie.

Il m'embrasse et mord ma lèvre et, conscient de ce dont j'ai besoin, cherche de nouveau mon clitoris tout en poursuivant ses va-et-vient. Les parois de mon sexe se contractent, puis mes cuisses, mes abdos et enfin mes pieds se crispent, verrouillant sa queue en moi, comme il le voulait.

— C'est ça. Putain Mia, c'est tellement bon.

Il s'enfouit une dernière fois et s'immobilise, libérant sa semence en moi. Lorsque ses derniers soubresauts s'éteignent, il se laisse tomber sur moi puis roule sur le côté et m'emporte avec lui.

Un sourire niais apparaît sur son visage et il semble parfaitement paisible.

— Ça va mieux ? je demande en gloussant.

— Je vais toujours mieux quand je suis avec toi.

— Moi aussi.

*

— Darling ! s'exclame Judi en ouvrant les bras.

Je cours jusqu'à elle et la serre contre moi.

— Je suis ravie de te voir, ma puce, dit-elle en étudiant mon visage.

Son accent anglais est adorable et chacun de ses mots semble couvert d'un nectar de fleur doux et délicieux.

— Je suis contente d'être là, Judi, je réponds en souriant.

Je lève le nez, une succulente odeur d'ail, d'oignons grillés et de poivrons verts me met l'eau à la bouche.

— Qu'est-ce qu'on mange ? En tout cas, ça sent fabuleusement bon.

À part une barre aux céréales, je n'ai rien mangé durant le vol de six heures entre Miami et Malibu, et j'ai besoin d'un bon repas après notre partie de jambes en l'air. Jamais je ne pourrai suivre Wes et son appétit sexuel insatiable si je ne me nourris pas comme il faut.

Le regard de Judi pétille tandis qu'elle retourne en cuisine.

— De bons plats qui réchauffent le cœur. Pour te rappeler que tu es à la maison, dit-elle en regardant Wes d'un air exaspéré. Des côtelettes de porc, des légumes grillés, un couscous au parmesan et du bon pain à l'ail. Ça te va ?

— Ça a l'air divin.

Elle aurait pu s'arrêter à « côtelettes de porc ». À Miami, nous mangions surtout au restaurant et lorsque ce n'était pas le cas, nous nous faisions livrer à manger. Anton et Heather n'ont pas le temps de faire les courses et ils sont si souvent en déplacement qu'ils n'embauchent pas de cuisinier, même si Anton en aurait largement les moyens. En tout cas, il devrait employer une nutritionniste pour l'aider à rester en bonne santé. Il passe beaucoup de temps à entretenir son corps, mais s'il mangeait des aliments moins riches, il n'aurait pas à le faire. Je me promets d'en toucher un mot à Heather maintenant qu'elle est officiellement sa manager, elle aura moins de temps pour se soucier de ce qu'il veut manger matin, midi et soir.

— Viens, viens, dit-elle en tapotant le tabouret de bar. Dis-moi ce que tu as fait depuis la dernière fois qu'on s'est vues.

Ce que j'ai fait ? Hmm. Elle devra se contenter d'une version censurée.

— Eh bien, j'ai pas mal voyagé. Je suis allée à Seattle, Chicago, Boston, New York, Washington, Hawaï et Miami.

Elle hoche la tête tout en remuant la sauce dans la casserole.

— Tu as fait des rencontres intéressantes ? demande-t-elle en me transperçant du regard.

— J'ai rencontré beaucoup de gens, Judi. Je me suis fait pas mal d'amis.

— Et mon fiston, c'est ton ami ? demande-t-elle d'une voix qui trahit tout l'amour que l'ancienne nounou de Wes lui voue encore.

Je pose mes coudes sur le bar et pose mon menton dans ma main en la regardant dans les yeux.

— Je crois que tu sais que Wes est plus qu'un ami, Judi.

Elle hausse les sourcils et pose une main sur sa poitrine.

— Ah bon ? Je n'en sais rien du tout. Éclaire-moi, tu veux ?

Je tire sur une mèche de cheveux pour l'enrouler autour d'un doigt.

— Je suppose qu'on peut dire que Wes et moi avons trouvé un accord. Nous sommes officiellement ensemble.

— Ensemble, répète-t-elle d'un ton accusateur qui me surprend.

Que s'est-il passé depuis que je suis arrivée et qu'elle m'a prise dans ses bras ?

— Est-ce que ça pose un problème ?

— Non, non, répond-elle en secouant la tête. Qu'est-ce qui te fait dire ça ?

— Ben, tu es un peu froide, tout à coup. J'ai dit quelque chose qu'il ne fallait pas ?

Elle se penche pour tapoter ma main sur le comptoir.

— Pas du tout, ma puce. C'est juste que quand tu es partie, mon fiston était très triste, tu lui as beaucoup manqué. Et puis cette snob a commencé à venir de temps et temps, et je me suis fait du souci.

Ah, je vois.

— Gina. Ça va, je suis au courant.

— Et tu t'en fiches ?

Je réfléchis quelques secondes à ma réponse. Peu de gens comprendront notre relation. Bon sang, même moi j'ai du mal à suivre, surtout maintenant, alors qu'elle est si nouvelle.

— Wes et moi avons toujours eu des sentiments l'un pour l'autre.

Elle hoche la tête comme si cela n'avait rien de surprenant.

— Et même si on n'était pas en couple, on est restés en contact. Il était libre de faire ce qu'il voulait, et moi aussi. Maintenant que nous avons enfin accepté ce qui se passe entre nous, nous allons prendre le temps de l'appréhender chaque jour un peu plus, pour voir ce qu'on en pense. Tu comprends ?

— Ce ne sont pas mes oignons, dit-elle en haussant les épaules. Mais j'aime voir le sourire de mon fiston quand il entre dans une pièce avec toi. Il a passé toute la semaine à préparer ton arrivée et à s'assurer que tu aurais de quoi t'habiller, d'ailleurs les vêtements sont dans son placard, ajoute-t-elle avec un sourire lourd de sous-entendus.

— Alors il m'a installée dans sa chambre ? je demande en riant.

— Oui, et demain matin, j'ai pour ordre de t'emmener à ton appartement, avec deux déménageurs, pour faire tes cartons. Il veut que tu les apportes ici.

— Euh, quoi ? Il veut que je fasse mes cartons et que j'emménage ici ? Définitivement ? Sans m'avoir prévenue ? Pas question.

— Je ne me suis pas exprimée clairement ? demande-t-elle en fronçant les sourcils.

Je frappe le bar avec la paume de la main, assez fort pour qu'un fourmillement remonte jusqu'à mon coude.

— Il semblerait que Lord Channing et moi devions discuter. Tu peux annuler tes projets pour demain, ta matinée est libre.

Judi tapote de nouveau ma main.

— Ma puce, tu ne sais vraiment pas à qui tu as affaire, on dirait. Les déménageurs seront bien là demain. On décolle d'ici à dix heures.

À mon tour de froncer les sourcils.

— Ok, ma chérie, crois ce que tu veux.

— Pourquoi tu ne me crois pas ? C'est mon appartement ! C'est moi qui décide, et j'ai décidé que je n'emménageais pas ici !

Ce n'est pas que je n'aimerais pas qu'on me cuisine de délicieux dîners tous les jours ni passer des heures sur un transat face à l'océan, ou encore dormir dans le nuage merveilleux qu'est le lit de Wes… Mais il est hors de question que je le fasse maintenant, simplement parce que mon nouveau mec l'a décidé.

Judi arrête de remuer la sauce, baisse le feu et me regarde dans les yeux. Elle appuie ses coudes sur le bar et se penche en avant.

— Mon poussin, je connais Wes depuis qu'il est tout petit. Il y a très peu de choses qu'il n'obtient pas lorsqu'il a décidé que c'est ce qu'il veut. Je te conseille de l'apprendre tout de suite. Si c'est toi qu'il veut, c'est toi qu'il aura, ou bien il mourra dans la bataille.

Si je prends le temps d'y réfléchir, je dois avouer qu'être convoitée ainsi est plus qu'agréable. Cependant, si Wes pense que je vais me laisser embarquer ici même sans m'en avoir parlé, il se fourre le doigt dans l'œil.

— Eh bien, mon cher petit ami va devoir me poser lui-même la question, je dis avec une détermination que je m'efforce de ressentir.

— Te demander quoi ?

Wes revient de son bureau où il est allé consulter ses mails.

— Judi me dit que tu veux qu'elle et deux déménageurs aillent chez moi demain pour rapporter toutes mes affaires ici.

Je descends du tabouret, pose une main sur ma hanche et penche la tête sur le côté, la pose sérieuse que j'ai peaufinée au fil des ans.

Wes fronce les sourcils et hausse les épaules.

— Tu n'as pas envie d'être avec moi ?

Bon sang, dit comme ça, je n'ai guère le choix.

— Si, bien sûr.

— Et tu voudrais vivre avec moi, un jour ?

— Ben, ouais, je réponds, ne comprenant pas où il veut en venir.

— Ok.

Il vient vers moi et pose ses mains sur le comptoir, de part et d'autre de mon corps, me bloquant contre le bar. Il baisse la tête pour me regarder dans les yeux, vert sur vert. Je sens son souffle sur mes lèvres, un frisson d'excitation parcourt mon corps.

— Mia, Chérie, veux-tu que toutes tes affaires soient ici et que ma maison devienne la tienne ?

Je me lèche les lèvres et me perds dans ses yeux. Il est canon. Non, sublime. Je retiens mon souffle, envoûtée par son charme, lui attend patiemment que je lui donne ma réponse.

— D'accord, je veux bien emménager avec toi.

Il sourit jusqu'aux oreilles et mon cœur fond.

— Je t'aime.

Si c'est sa réponse à tout, il aura toujours gain de cause. Sans rire, je vais devoir me préparer pour un avenir plein de « je t'aime » et accepter leur effet sur mon cerveau.

— Je t'aime aussi, je réponds.

Il m'embrasse délicatement, puis il fait un pas en arrière et frappe dans ses mains.

— Bon, tout est arrangé. Le dîner est prêt, Judi ? Tout est en ordre ?

Je me tourne vers elle, elle ricane en remplissant nos assiettes.

— Tout est parfait, fiston.

Elle me regarde et me lance un clin d'œil. J'ai envie de la détester d'avoir eu raison, mais c'est impossible. L'amour qu'elle a pour Wes repose sur les décennies qu'ils ont passées ensemble et, en fin de compte, elle le connaît mieux que moi.

Pour l'instant. Mais… pas pour longtemps.

Chapitre 2

Je ferme le cinquième carton avec du scotch, puis je jette mes fringues sur la pile déjà existante. Dans la cuisine, Judi emballe les quelques ustensiles que je possède en fredonnant joyeusement.

— J'ai fini ! déclare-t-elle, ce qui me fait grimacer. Eh bien, mon petit, pourquoi es-tu d'humeur si ronchonne ?

Je penche la tête d'un côté puis de l'autre, cherchant à libérer la tension qui s'est accumulée dans ma nuque, mais ça ne craque pas.

— Je ne sais pas. Je déteste déménager. Ça semble toujours si définitif, comme si lorsque c'est fait, il n'y aurait pas de retour possible.

— Mais non, il ne faut pas penser comme ça, mon poussin. Tu seras très bien avec nous et, bientôt, ce sera comme si tu avais toujours été là.

Super. Sauf que, bientôt, je vais devoir repartir pour rencontrer mon nouveau client. Wes le sait, mais nous n'en avons pas parlé, or j'ai besoin de savoir que je peux finir ce que j'ai commencé sans qu'il n'agite une liasse de billets sous mon nez à chaque début de mois. Je n'ai surtout pas envie de vivre à ses crochets. Je suis déterminée à ne jamais profiter de sa fortune, même s'il semble en aimer l'idée.

À midi, nous avons déjà fini, trois heures ont suffi à mettre toute ma vie dans des cartons.

— J'espère que tu as une bonne raison de m'appeler, grogne Ginelle quand je l'appelle pour me plaindre, parce que j'ai en ligne de mire un client bourré aux as.

Je m'étouffe à moitié au téléphone.

— Quoi ? rétorque-t-elle. Ne me juge pas, je ne rencontre pas un mec génial toutes les trois semaines, moi ! Il faut bien que je prépare mes vieux jours.

— Gin, tu es sérieuse ? C'est toi qui m'as dit que les clients pleins aux as n'existaient pas et que ces pauvres types perdaient à petit feu leur maison, leur femme et toutes leurs économies dans l'espoir de battre le casino. Ne te fais pas avoir. Un vrai parieur serait dans un salon privé avec ses potes aussi riches que lui. Il ne serait pas en train de faire le malin devant une danseuse de Vegas. Ressaisis-toi et dis-moi plutôt ce qui ne va pas, tu veux ?

Elle éclate une bulle de chewing-gum et même si elle a failli me percer le tympan, je préfère ça plutôt que l'entendre cracher sa fumée dans le téléphone.

— J'ai emménagé chez Wes, au fait.

Elle ne mâche plus son chewing-gum et la ligne devient silencieuse. Je regarde l'écran, mais l'appel est toujours en cours.

— Gin ? Allô ?

— Tu as emménagé avec le Bachelor ? Tu te fous de ma gueule ! s'exclame-t-elle.

— Ben, pas exactement. Enfin, plus ou moins, ouais. Peut-être. Euh… oui ? je bégaie en rongeant un ongle.

— Tu as emménagé avec Malibu Ken ?

Je cligne des yeux et attends la suite.

— Monsieur « Règle numéro un » ?

Il vaut mieux que je me taise. Je connais Gin depuis toujours et je sais qu'il faut lui laisser le temps de digérer.

— Le demi-dieu et sa planche de surf ? demande-t-elle d'une voix rêveuse. Le scénariste ? Celui qui a changé le physique de son héroïne pour qu'elle ressemble à ma meilleure amie ? Tu as emménagé chez lui ? Dans son château à Malibu ?

— Ce n'est pas vraiment un château… je commence.

— Chut ! Tu es complètement folle ou quoi ? Tu as besoin de voir un médecin ?

— Je ne crois pas, non.

— D'accord. Alors, dis-moi une chose. Je suis désolée de te demander ça, ma chérie, mais il le faut.

Je retiens mon souffle en attendant sa question.

— Est-ce que tu fais ça à cause du connard qui t'a agressée à Washington ?

Je ferme les yeux et croise les bras comme pour me procurer un peu de réconfort.

— Non, ma belle. Pas du tout. Tu sais que Wes est venu à Miami pour mon anniversaire ?

— Ben oui, c'est moi qui l'ai envoyé.

— Et quand il était là, nous avons tous les deux admis nos sentiments l'un pour l'autre. Je l'aime, Gin.

— Bon sang, Mia, pas encore ! s'exclame-t-elle. Tu aimes tout le monde. C'est dans ton ADN. Tu rencontres un beau gosse, tu couches avec lui, tu tombes amoureuse de lui. Ce n'est ni la première fois ni la dernière que tu te comportes ainsi.

Ma meilleure amie n'a pas tort. Par le passé, c'était mon mode opératoire, en effet. Mais plus maintenant, pas avec Wes.

— Sauf que je n'ai pas fait ça avec les autres mecs avec qui j'ai couché cette année. Comment tu l'expliques ?

— Ben, si t'y réfléchis, ça fait un sur trois. Tu auras emménagé avec un tiers des types avec qui t'as couché. Trente-trois pour cent.

Mince, j'ai appelé la mauvaise sœur, c'est à Maddy que j'aurais dû en parler. Elle aurait été ravie pour moi. Elle a trouvé l'homme de sa vie et elle va l'épouser, et les nanas comme elle veulent que tout le monde soit heureux et amoureux autour d'elles.

— Mia... je... je ne veux pas que tu souffres de nouveau, c'est tout, dit-elle.

— Je sais, Gin. Je sais. Mais tu sais que je me pose des questions sur lui depuis plusieurs mois. Si je n'avais pas eu à m'occuper des problèmes de papa, je serais restée avec lui.

— Si tu n'avais pas eu à gérer les histoires de ton père, tu ne l'aurais jamais rencontré !

Elle n'a pas tort.

— Elle est passée où, son autre pouffiasse ? demande-t-elle d'une voix dédaigneuse.

— Elle est partie.

— Partie. Comme ça. Pouf, disparue ? dit-elle pour me faire savoir qu'elle ne me croit pas.

— C'est ce que dit Wes.

— Il n'est peut-être pas si stupide, en fin de compte.

Je pouffe de rire, ce qui détend un peu l'atmosphère.

— Sois heureuse pour moi, Gin, je chuchote.

— Ma chérie, tu sais bien que je le suis. Je le suis toujours, mais tu sais aussi que ta meilleure amie doit te protéger même quand tu penses que ce n'est pas nécessaire. C'est dans le mode d'emploi des meilleures amies, juste après la section qui stipule qu'il faut consoler l'autre coûte que coûte, même quand elle ne se souvient pas du type avec qui elle a couché la veille. Mon rôle est de m'assurer que, quand tu te comportes comme une salope, tu ne t'en rendes pas compte.

Il n'y a qu'elle pour sortir ce genre d'argument, mais son raisonnement a du mérite. En fin de compte, l'essentiel, c'est qu'elle tient à moi.

— Merci de t'inquiéter et de t'occuper de moi… même si tu n'es qu'une traînée.

— Je vois ! Alors, on en revient à ça. Tu me le paieras, espèce d'obsédée du cul.

— Ah ! Au moins, je ne remue pas le mien pour gagner ma vie.

Elle fait mine de retenir son souffle en poussant un cri aigu.

— Au moins, je n'écarte pas les cuisses pour de l'argent, espèce de peste !

— Je t'aime, Gin.

— Je t'aime aussi, ma verrue. On se voit bientôt ?

— J'espère bien, p'tit cul plat.

Je me dépêche de raccrocher, parce que c'est la règle. J'ai gagné ! Je lève le poing puis je fais une danse de victoire, remuant mes fesses comme Maria m'a appris à le faire à Miami. Car oui, je sais vraiment danser maintenant !

*

— Je ne veux pas que tu partes.

Wes avance le bassin en s'enfonçant profondément en moi. Je sens déjà son sexe durcir de nouveau alors que nous venons de conclure une intense partie de jambes en l'air.

— On en a déjà parlé et tu étais d'accord.

Il fronce les sourcils et se retire un peu pour s'enfouir de nouveau. Notre sueur s'est à peine évaporée qu'il se prépare déjà à remettre le couvert. Ce type est insatiable, et moi je suis une veinarde.

— Je sais, mais je me suis dit que je pouvais peut-être te convaincre en employant un autre moyen… un moyen plus agréable…

Il se relève pour prendre mon téton dans sa bouche. Ses coups de langue me font onduler contre lui, cherchant à le prendre plus profondément en moi.

— Tu vois, tu commences déjà à comprendre, dit-il alors que nous gémissons tous les deux.

Il sourit jusqu'aux oreilles et m'abaisse sur lui en soulevant ses hanches. Je pose mes mains sur ses pectoraux et je me relève avant de m'empaler sur son sexe dur.

— Argh, putain ! Préviens-moi, la prochaine fois. Tu vas me castrer avant qu'on se soit amusés.

Il se redresse et pousse sur ses talons pour reculer contre la tête de lit et me prendre dans ses bras. Il plie les jambes et le changement d'angle est divin. Je pourrais mourir dans cette position. Je soupire et saisis sa nuque pour rapprocher nos visages. Poitrine contre poitrine, langue sur langue, cœur contre cœur, nous restons ainsi à nous dévorer l'un l'autre. Il bande en moi, mais nous ne bougeons pas. Je l'embrasse en déversant tout mon amour dans ce baiser. Je veux qu'il sache que notre histoire est bien réelle et que, où que j'aille, mon engagement auprès de lui est sans faille.

— Tu vas quand même prendre l'avion demain, c'est ça ? grogne-t-il en mordant ma lèvre.

Je hoche la tête et frotte mon front au sien. Nos bouches sont si proches l'une de l'autre que nous respirons le même oxygène. C'est magique.

Comme il l'a dit… c'est le paradis. Soudain, je réalise que, si tout va bien, Wes et moi pourrions vivre ainsi pour toujours. Nos vies seront pleines de partage, d'amour, de bonheur. Hélas, avant de m'enfermer dans cette superbe bulle, je dois faire quelque chose toute seule, pour papa et pour moi.

— Wes, Chéri, tu sais qu'il le faut. Notre relation ne peut pas fonctionner si tu rembourses la dette de mon père.

— Mais ce serait tellement simple si tu prenais mon argent ! Tu rembourserais l'autre enfoiré et tu resterais ici, avec moi. Tu ne veux pas rester ici ? Faire table rase et reprendre à zéro ?

— J'adorerais, Wes, mais je me connais. Je sais qu'au fond, j'aurai toujours le sentiment de t'être redevable. Je n'aurai jamais les moyens de te rembourser cinq cent mille euros et je ne peux pas me lancer dans cette relation en étant endettée auprès de toi.

Ses épaules s'affaissent et il prend mon visage entre ses mains.

— Je déteste savoir que tu vas passer ton temps avec un autre homme. Un homme qui aura le droit de te séduire et de s'enticher de toi.

— Ça n'arrivera pas.

— Ah non ? demande-t-il en fronçant les sourcils avec un air de défiance.

— Non.

— Mais ça m'est bien arrivé, à moi. Je suis tombé amoureux de toi dès que je t'ai vue. Je parie que la moitié des mecs, si ce n'est tous, ont eu le béguin pour toi. Qu'est-ce qui me dit que durant les cinq prochains mois, l'un d'eux ne va pas être le mec le plus incroyable que tu aies rencontré de toute ta vie ? Et s'il décide de te séduire ?

— C'est impossible.

— Mais c'est…

Je le fais taire en posant deux doigts sur ces lèvres que je meurs d'envie de dévorer.

— Non. Ce n'est pas possible, parce que j'ai déjà été séduite. J'ai déjà rencontré le mec le plus génial du monde et je suis déjà raide dingue de lui.

Un sourire enfantin s'étend sur ses lèvres et je me dis que c'est moi qui aurai le privilège de regarder ce visage magnifique toute ma vie. Il est temps de lui montrer combien je tiens à lui.

— Mon cœur t'appartient, je chuchote dans son oreille. Mon corps t'appartient parce que je t'aime. Il va falloir que tu me fasses confiance.

Il ferme les yeux, on dirait un ange. Ses cheveux dorés sont magnifiques. Je dégage une petite mèche de son front et caresse sa tempe du bout du doigt, puis sa mâchoire et son menton. Je relève sa tête et il ouvre les yeux.

— Je t'aime, Wes. Toi. Fais-moi confiance, s'il te plaît. Je vais faire ce qu'il faut, mais je ne te trahirai pas. Crois-moi, je déclare, avant de l'embrasser en douceur.

Toutefois, ses lèvres deviennent vite plus fermes et sa langue plus désespérée. Il ouvre plus grand la bouche et saisit ma nuque, prenant le contrôle du baiser. Nos corps fusionnent et cela devient si charnel qu'il ne reste plus que le besoin animal de s'accoupler.

— J'ai tout le temps envie de toi, grogne Wes.

Il plonge ses ongles dans mon épaule et relève le bassin, me transperçant à chaque aller-retour. Un plaisir intense se déploie dans mes veines et m'engourdit. Je picore ses lèvres et promène ma bouche sur sa joue pour y déposer des baisers mouillés jusqu'à son oreille, puis je la suce pour le faire gémir.

— Toujours envie de plus, je confirme alors que son corps se contracte.

Je me soulève en contractant ma chatte autant que possible, voulant nous procurer le plus de plaisir possible. Lorsque je resserre les parois de mon sexe, sa mâchoire se verrouille. J'adore le voir ainsi. Je veux lui offrir une telle extase qu'il oubliera toutes les femmes qui sont venues avant moi.

Coup après coup, nous nous frappons l'un l'autre avec autant de plaisir que nous pouvons le tolérer. Nous ne faisons pas l'amour. Ce n'est pas du sexe non plus. C'est de la baise hardcore, pas tout à fait furieuse mais loin d'être mignonne. Il susurre des cochonneries plutôt que des mots d'amour et je mouille de plus belle, encore plus folle de désir pour lui.

— Je veux que ta chatte soit à vif.

Je me tiens à la tête de lit et me rassieds sur lui quand il se soulève. Il me prend avec une telle force et une telle intensité que je perds ma capacité à parler. Une litanie de borborygmes, de grognements et de gémissements m'échappe alors que je chevauche Wes et me prépare à jouir pour la deuxième fois ce soir.

Wes mord mon téton et je pousse un cri strident. Je tiens sa tête contre mon sein, comme une mère avec son nouveau-né, car je ne veux pas qu'il arrête de le sucer, de le mordre, d'envoyer ces décharges électriques dans mon clitoris chaque fois qu'il tire dessus.

— J'en connais une qui aime qu'on s'occupe de ses seins, hein, Chérie ?

Je suis incapable de répondre, perdue dans cette sensation merveilleuse. Il change de sein et titille l'autre, et je me mets à dessiner des cercles avec mon bassin, si mouillée que j'entends le bruit de nos corps qui frappent l'un contre l'autre. Sa queue glisse profondément en moi et me donne le vertige. C'est à la fois l'enfer et le paradis. Les allers sont délicieux et les retours encore plus, car il faut y ajouter la peur absurde que son corps quitte le mien, or je ne veux plus jamais le laisser partir.

— Jouis, Chérie. Je veux sentir ta petite chatte me verrouiller en elle. J'adore sa façon de ne jamais vouloir me laisser partir. T'en fais pas…

Il me transperce avec un puissant coup de bassin et je retiens mon souffle.

— … je vais tellement te remplir que tu me sentiras dégouliner entre tes jambes pendant plusieurs jours. Juste pour prouver à qui appartient cette chatte. À moi. Maintenant donne-la-moi ! ordonne-t-il.

Mon corps lui obéit instinctivement. Mes muscles se contractent et mes nerfs sont parcourus d'étincelles. Chaque centimètre de ma peau est en feu, accablé par cet amour puissant et plein de révérence. J'empoigne la gorge de Wes et colle mes lèvres aux siennes pour l'embrasser de toutes mes forces. Son corps devient dur comme de la pierre et il gémit, grogne et convulse sous moi. Je tiens sa bouche contre la mienne, goûtant son désir, sa passion et son amour tandis qu'il libère son essence en moi.

— Je t'aime, dit-il dans ma bouche.

— Je t'aime.

Il gémit, parcouru par le dernier sursaut de son orgasme.

— À moi.

— À moi.

Cela suffit à nous définir, à nous décrire. J'espère seulement qu'il finira par accepter mon travail et ce que cela implique pour nous. Je ne pars pas, mais je ne peux pas rester, pour l'instant. Bientôt, et je l'espère pour le reste de ma vie, ma place sera ici, dans ce lit, avec cet homme, à faire la même chose, dans dix ans, dans cinquante ans et jusqu'à ce que je rende mon dernier souffle.

— Tu pars quand même, dit-il.

Il m'embrasse dans le cou en massant l'arrière de ma tête. Je ne pensais pas cela possible, mais je suis encore plus détendue.

— Ouais, mais tu sais quoi ? je réponds en plongeant mes doigts dans ses cheveux.

— Hmmm ? répond-il d'une voix triste.

— Je reviens dans trois semaines. Je promets de rentrer à la maison entre chaque mission.

— À la maison ?

Il sourit jusqu'aux oreilles, sans chercher à cacher combien mes paroles le rendent heureux.

— Oui. Ma maison est avec toi, j'acquiesce en l'embrassant sur le cœur. Mais tu vas me manquer.

— Tu me manqueras encore plus.

J'ai beau en douter, j'adore l'entendre le dire. Personne ne m'a jamais dit ce genre de chose auparavant et, maintenant, je comprends pourquoi les gens partout sur la terre cherchent l'amour. Je comprends comment ils peuvent tout sacrifier pour la personne qu'ils aiment. Le fait qu'il m'ait choisie et que je sois son rayon de soleil après une journée pourrie me donne un sentiment de pouvoir que rien ne peut fissurer. J'emporterai son amour partout et il brillera toujours pour me guider à la maison.

À Wes.

Chapitre 3

J'arrive à Dallas le cœur lourd, après avoir quitté Wes qui a passé son temps à me proposer son argent pour que je reste à Malibu. Cette tête de mule n'accepte pas que je veuille rembourser ma dette à Blaine par mes propres moyens. J'ai besoin de savoir qu'au moins une fois dans ma vie, je suis maîtresse de mon destin. C'est moi qui prends les décisions concernant ma vie. Bien évidemment, je ne souhaite pas mettre en péril ma relation avec Wes, mais il doit comprendre que, parfois, l'argent ne résout pas les problèmes.

Nous sommes un jeune couple qui apprend à se connaître.

Sans que je sache comment, il a réussi à me faire emménager chez lui. J'ai accepté sans rien dire de mettre toutes mes affaires dans des cartons et de les empiler dans un de ses cinq garages. Je n'ai gardé de ma vieille chambre que la boîte contenant mes biens les plus précieux. Pour être honnête, j'aurais pu jeter tout le reste, car seules mes affaires dans ce petit carton me tiennent à cœur. Je ne lui ai pas demandé si je pouvais mettre un bibelot ici ou là car je n'ai pas voulu gâcher le peu de temps que nous avions ensemble, mais j'imagine que je laisserai ma marque chez lui peu à peu. Peut-être ai-je besoin de temps pour me rendre compte que je viens d'emménager avec Weston tout en continuant à être escort jusqu'à la fin de l'année. Sans doute n'a-t-il pas hâte non plus de l'avouer à sa famille et à ses amis.

Je sors de l'aéroport la tête ailleurs et le cœur gros, perdue dans mes pensées. Je me parle à moi-même lorsqu'une main empoigne mon bras pour m'arrêter. Je lève la tête, encore et encore, jusqu'à ce que le bord d'un Stetson me bloque le soleil, m'aidant à recouvrer la vue. Des yeux vert pâle trouvent les miens, vert émeraude, comme les miens. D'ailleurs, ils sont exactement comme les miens. C'est bizarre. Un joyeux sourire se dessine sur une mâchoire carrée couverte d'une barbe de trois jours, et des dents blanches scintillent lorsqu'il dit quelque chose que je n'entends pas.

— Mia ? Tu es Mia, n'est-ce pas ?

Ma poitrine se resserre au son de cette voix qui m'est familière, comme un vieux rêve dont on se souvient en se réveillant mais dont on n'arrive pas à recoller les morceaux.

— Ça va, Chérie ?

Il saisit mon autre bras et je découvre des mains énormes. Ses ongles sont propres et droits, comme s'il les avait coupés récemment.

Je fais un pas en arrière, mais il me retient plus fort.

— Je vais, euh… bien. Désolée, je marmonne en clignant plusieurs fois des yeux. On se connaît ?

Il écarquille les yeux.

— Non, mais on devrait apprendre à bien se connaître, durant le prochain mois. Je suis Maxwell Cunningham. Appelle-moi Max, déclare-t-il en me tendant son énorme paluche.

Sa paume calleuse frotte la mienne. Les manches de son polo jaune et moulant semblent comprimer ses biceps gonflés, comme si elles allaient exploser à tout moment. Son jean bleu foncé est assorti d'une grosse ceinture en cuir avec une boucle en argent d'au moins six centimètres de diamètre et une étoile dorée au milieu. Il porte des santiags couleur rouille comme sa ceinture, qui sont couvertes de poussière. J'observe sa tenue tandis qu'il étudie la mienne. Ses yeux verts, si semblables aux miens, détaillent ma robe d'été légère et mes sandales, puis mes cheveux lâches et bouclés qui volent dans le vent.

— Tu es superbe, chuchote-t-il d'une voix rauque, comme s'il avait parlé sans le vouloir.

Son regard paraît hanté ou blessé, et j'ai une envie soudaine et inexplicable de le serrer dans mes bras. Je regarde les gens nous contourner et je tiens ma jupe pour occuper mes mains. L'air qui nous sépare semble chargé de tension et de non-dits. Lorsqu'un homme dit à une femme qu'elle est belle, elle est censée répondre, non ?

— Euh, merci.

Il écarquille les yeux.

— Ah pardon, ce n'est pas ce que je voulais dire. Enfin si. C'est juste que tu es jolie, super-jolie, et même si j'ai vu ta photo, je n'étais pas prêt à te voir en chair et en os. Zut, je ne sais pas ce que je dis.

Il se frotte la nuque et regarde ses pieds en fronçant les sourcils.

— Monsieur, c'est votre véhicule ? demande un agent de sécurité en désignant le pick-up Ford argenté.

— Ouais, il y a un problème ? répond Max.

— Si vous ne partez pas tout de suite, il va y en avoir un, oui. Vous gênez la circulation, vous ne pouvez pas rester là.

— Ah zut, désolé. Viens, Mia, par ici.

Il prend ma valise et la jette à l'intérieur, puis il ouvre la portière passager et me tend la main.

— Mia, ma belle, je ne te ferai jamais de mal, dit-il lorsque je regarde sa main comme si elle était couverte d'araignées. Je suis un peu perturbé, mais une fois au ranch, on t'installera dans ta chambre et Cyndi arrangera tout ça, ajoute-t-il en souriant timidement.

Il m'offre toujours sa main et lorsque je l'accepte enfin, j'ai de nouveau cette sensation étrange, comme un souvenir qui refuse de refaire surface.

— Qui est Cyndi ? je demande quand il s'installe au volant.

Un sourire gigantesque se dessine sur son visage et, cette fois, j'ai l'impression de le connaître. Je suis sûre d'avoir déjà rencontré cet homme.

Il fait démarrer le véhicule, regarde dans le rétroviseur et se faufile entre deux voitures.

— Ma femme.

*

Cela fait deux heures que nous roulons lorsque Maxwell tourne enfin sur une allée de gravier menant à une maison superbe. Elle comporte deux étages, elle est jaune avec des volets bleus et elle est entourée d'une barrière en bois blanc. Sur la pelouse, sous les yeux de sa mère qui se tient sur le porche qui entoure la maison, une petite fille joue à la poupée sur une couverture multicolore. La femme est vêtue d'une longue robe bleu et vert qui me rappelle l'eau tropicale de Miami et elle caresse d'une main son ventre rebondi. Vu sa taille, elle doit être prête à accoucher d'une minute à l'autre. Ses cheveux châtains volent dans la brise, elle dégage quelque chose d'irréel et de mystérieux.

Lorsque le pick-up s'arrête, elle fait coucou à Max, qui lui sourit en retour. C'est le même sourire géant qu'il a affiché lorsqu'il a parlé d'elle tout à l'heure. Leur fille s'appelle Isabel, ils attendent un garçon et Max est ravi de pouvoir donner son nom de famille à un fils.

J'ai également découvert que Max est fils unique et que c'est son père, Jackson Cunningham, qui l'a élevé. Il n'a appris que récemment, lors de son décès, que cinquante et un pour cent des parts de l'entreprise familiale lui étaient légués, et que les quarante-neuf restants sont censés aller à sa sœur. Une sœur qu'il n'a jamais rencontrée et qui a le même anniversaire et le même nom que moi. Je ne sais pas encore ce qu'il attend de moi, mais il m'a dit que cela s'éclaircirait au cours du mois.

De mon côté, je suis ravie qu'il soit marié et que ce soit un mariage heureux. De plus, étant donné que ma relation avec Wes est toute fraîche, c'est une aubaine que je joue le rôle de la sœur et non de sa copine. Je n'aurai pas à lui tenir la main, ni à faire semblant de le câliner, ni à l'embrasser.

Mon surfeur-réalisateur sera ravi. Une vague de tristesse s'abat sur moi en pensant à lui. Cela ne fait même pas un jour que je l'ai quitté et la distance qui nous sépare me semble encore plus grande. Durant les six derniers mois, je n'ai eu aucun problème à vivre dans des lieux différents pendant plusieurs semaines sans avoir de ses nouvelles. D'ailleurs en mai, nous n'avons pas échangé le moindre message, car j'étais trop énervée par son histoire avec Gina et il était trop fier pour m'appeler. Je serre les dents en repensant à l'actrice la plus sexy d'Hollywood et au fait qu'elle avait mis le grappin sur mon homme.

Max ouvre ma portière et je sursaute, j'étais tellement perdue dans mes pensées que je ne l'ai pas vu descendre.

— Chérie, viens rencontrer Mia. Bell, mon sucre d'orge, viens dire bonjour à l'amie de Papa.

Sa femme descend les marches en se dandinant, tenant la rampe d'une main tandis que l'autre frotte son ventre. À peine est-elle à portée de bras qu'il pose une main sur son ventre et l'autre sur sa nuque, baissant la tête pour la regarder dans les yeux.

— Comment tu vas, Chérie ? Tout va bien ?

Elle sourit tendrement et hoche la tête en rougissant légèrement.

— Et notre fiston ?

— Parfait, Max. On va bien, c'est promis.

Elle l'embrasse et recule, puis elle dirige ses yeux bleu saphir sur moi en me tendant la main.

— Je m'appelle Cyndi Cunningham. Bienvenue chez nous.

— Mia Saunders, je réponds en serrant sa main. Je suis ravie d'être ici, je dis en baissant la tête pour voir la petite fille se cacher derrière les jambes de sa mère. Et qui est cette jolie petite princesse ?

Maxwell gonfle le torse et semble déborder de fierté.

— Voici ma fille aînée, Isabel. Bell, chaton, dis bonjour.

Des lèvres rouges et charnues me sourient timidement tandis qu'une petite tête blonde aux yeux verts comme ceux de son père sort des jambes de sa mère.

J'étudie ses yeux et ses cheveux et cette sensation de déjà-vu me tiraille de nouveau. J'ai vu cette famille quelque part, c'est certain, seulement je ne sais plus où.

— Salut, je suis Mia, je dis en lui faisant coucou.

Elle se balance d'un côté et de l'autre, toujours accrochée à sa mère. Sa robe est couverte d'arcs-en-ciel, tout à fait digne d'une enfant de quatre ans.

— J'adore ta robe.

— Moi aussi, j'adore les arcs-en-ciel. Ils sont trop beaux.

— Je suis d'accord. Tu en as déjà vu en vrai ?

Je m'agenouille devant elle et elle hoche vigoureusement la tête.

— Moi aussi. Tu sais ce qu'on dit à leur propos, n'est-ce pas ?

Elle ouvre grand les yeux et fait non de la tête.

— Eh bien, il y a un conte irlandais qui dit qu'au pied de chaque arc-en-ciel, il y a un chaudron rempli de pièces d'or, et que ce chaudron est gardé par un leprechaun. C'est un petit homme habillé en vert avec un grand chapeau !

— Peut-être qu'on en trouvera un pendant que tu es là ? elle demande d'une voix pleine d'espoir.

— Ce serait une sacrée aventure. La prochaine fois qu'on voit un arc-en-ciel, on cherchera. Toi et moi, d'accord ?

Isabel saisit ma main et Cyndi et Max nous regardent d'un air surpris.

— Je vais te montrer notre maison. Tu aimes les pancakes ? Oh ! Et les Bisounours ? Tu préfères lequel ?

— Hmm, j'aime bien Grosveinard, je réponds en la suivant. Celui avec le trèfle sur le ventre. Et j'adore les pancakes, surtout avec du sirop au chocolat.

Elle arrête de marcher, se tourne vers ses parents en croisant les bras et tape son petit pied par terre.

— Pourquoi j'ai jamais de sirop au chocolat sur mes pancakes ? elle demande à ses parents, outrée.

Cyndi et Max éclatent de rire en secouant la tête.

— On essaiera la recette de Mia demain matin, d'accord, chaton ? répond Cyndi en caressant les cheveux de sa fille. Tu allais montrer sa chambre à Mia, tu te souviens ?

Isabel tourne les talons en gloussant et monte les marches en courant.

— Viens, Mia !

— Elle a toujours autant d'énergie ? je demande à ses parents en la suivant en trottinant.

— Oui ! s'exclament-ils à l'unisson.

— Alors, je vais beaucoup m'amuser ce mois-ci, j'en suis certaine !

Je me retourne vers eux pour m'assurer qu'ils suivent et je vois Max se masser la nuque en regardant sa femme, qui fuit son regard.

— On est contents que tu sois là, Mia, dit-il d'une voix inquiétante.

J'ai l'étrange impression que je vais bientôt changer d'avis.

*

Il fait nuit lorsque je sors mon téléphone pour appeler Wes.

— Salut, Chérie. Tu es dans ton lit ? répond-il sans préambule.

— Oui, et toi ? je réponds en souriant et en me blottissant sous ma couette.

— Pas tout à fait, non, dit-il en bâillant.

— Pourtant tu as l'air fatigué.

Il fredonne un simple « hmmm » qui vibre jusque dans mon bas-ventre, comme à chaque fois.

— Je le suis, oui. La journée a été longue. Tu me manques. Ça fait moins d'une semaine et je me suis déjà habitué à dormir avec toi.

Je ris et tripote un fil qui pend de la couette.

— C'est surtout nos parties de jambes en l'air qui te manquent.

— Ce n'est peut-être pas faux, mais je crois que ce qui va me manquer le plus, ce sont tes petits ronflements quand tu te tournes pour frotter ton nez et ta bouche sur ton bras et que tu me baves dessus.

— Je ne bave pas !

Il rit de bon cœur et une tristesse m'envahit à l'idée que je ne vais pas le voir pendant trois semaines, si tant est qu'il soit à Malibu à la fin du mois et pas sur le tournage de son film.

— Non, tu ne baves pas, mais tu te colles à moi. Je pensais détester, mais il s'avère que j'adore ça.

— Je t'aime, Wes.

— Je sais, soupire-t-il.

Je m'imagine blottie contre lui, ma tête sur son torse nu, son souffle chatouillant mon crâne. Je me tourne et frotte mon visage sur la couette, savourant sa douceur et son parfum de lavande.

— Alors, parle-moi de ton client. Tu sais pourquoi il veut que tu incarnes sa sœur ?

— Pas vraiment. Quand on était en voiture, il m'a dit que son père est décédé récemment et qu'il a légué cinquante et un pour cent de l'entreprise à son fils, et quarante-neuf à cette sœur dont il ne connaissait pas l'existence

— C'est bizarre.

— Ouais, je trouve aussi. Apparemment, toujours selon le testament, cette sœur a le même nom et la même date de naissance que moi, ce qui est encore plus bizarre. Cela dit,

Mia est un prénom assez répandu, il y en avait deux autres dans mon école quand j'étais petite. Et Saunders est assez commun aussi, même si Max, mon client, m'a dit que l'écriture n'était pas nette et que ça pourrait être un «o», donc rien n'est sûr. Il a dit que c'était un sacré coup de chance qu'il m'ait trouvée et que je puisse être embauchée pour le mois.

— Je trouve très étrange que tu aies la même date de naissance et le même nom et qu'il t'ait trouvée. D'ailleurs, il a fait comment ?

Tiens, je ne me suis pas posé la question.

— Je ne sais pas, je vais lui demander.

— Que sais-tu d'autre à propos de ce type ?

Au ton de sa voix, je devine que Wes va mener sa propre enquête à propos de Max. Je ne sais si je dois être ravie ou agacée. Millie a déjà enquêté sur lui et elle a dit qu'il était super-riche mais totalement inoffensif.

— Wes… Ce type est parfaitement normal. Il a trente ans, c'est un cow-boy, il habite dans un ranch avec tous les luxes inhérents à la vie d'un homme riche. Sa femme est adorable et elle attend leur deuxième enfant, un fils, ce dont il est ravi, leur fille Isabel a quatre ans et c'est une crème. Ils sont parfaitement normaux.

— Alors, pourquoi une famille normale a-t-elle besoin d'embaucher une escort ? Chérie, je te dis que c'est louche. Je comprends l'histoire du nom, mais il aurait pu engager quelqu'un pour faire semblant d'être sa sœur s'il est juste question de sauver son entreprise. Pourquoi toi ? Pourquoi quelqu'un qui a le même nom et le même anniversaire ?

— Peut-être que ce n'est pas la bonne orthographe ? je tente.

Wes pousse un grognement où j'entends sa frustration.

— Ne t'arrache pas les cheveux !

Il éclate de rire.

— Comment tu sais que…

— Quand tu es frustré, tu te tires les cheveux. J'aime ta tignasse et j'aimerais continuer à y passer ma main pendant au moins une bonne trentaine d'années, donc arrête de t'acharner dessus ! Tu vas devenir chauve prématurément.

— D'accord, d'accord, répond-il en riant, mais je te ferai savoir que mon père a encore de très beaux cheveux à son âge, donc je ne pense pas que tu doives t'inquiéter.

J'imagine Wes dans trente ans et je souris jusqu'aux oreilles.

— Ne t'en fais pas pour moi, d'accord ?

— Impossible. Tant que tu ne seras pas à la maison, endormie à mes côtés, je m'inquiéterai. Ah, et où as-tu dit que le ranch se trouvait ?

Cette fois, c'est à mon tour de rire. Ce type ne perd pas le nord. Je lui donne l'adresse et je l'entends taper sur son clavier.

— Sans blague, chuchote-t-il.

— Quoi ? je demande en m'asseyant dans le lit, soudain inquiète.

— Il habite à côté du ranch d'une amie à moi. Enfin, il appartient à son mari, mais ils y vivent six mois par an. J'y étais pour leur mariage.

— C'est qui ?

— Aspen Bright-Reynolds.

Le nom me dit quelque chose, mais son visage ne me vient pas.

— Enfin, techniquement, elle s'appelle Aspen Jensen maintenant qu'elle a épousé Hank Jensen. Le ranch est collé à celui des Cunningham. Attends, j'ai déjà croisé Maxwell ! dit-il d'une voix étonnée. Tu devrais rencontrer Aspen, s'ils sont en ville. Je vais l'appeler.

Le fait que mon mec parle d'une femme qu'il connaît si bien éveille ma jalousie.

— Tu la connais comment ?

— Elle est dans le milieu du cinéma. Elle est PDG de AIR Bright Enterprises. Tu me crois riche, mais ce n'est rien à côté d'elle. Elle est dans le Top Trois des femmes d'affaires les plus riches du monde, et elle a tout juste trente ans. Elle vient d'avoir une fille et je sais qu'ils vont au ranch aussi souvent que possible parce que Hank est un véritable cow-boy. Il a besoin de grands espaces. Je vais lui passer un coup de fil et organiser une rencontre.

— Ok, peut-être, je ne sais pas. Tu ne seras pas là pour me présenter, ça pourrait être bizarre.

— Quoi qu'il en soit, je vais essayer d'en savoir davantage sur les Cunningham.

— Bébé, sans rire, Millie l'a déjà fait et...

— Tu es ma copine, alors ce sont mes affaires, déclare-t-il. Ça me rassurera. Si tu dois passer du temps loin de moi et de la maison, j'ai besoin de savoir que tu es en sécurité. ET puis, toute cette histoire me paraît vraiment louche. Tu peux l'admettre, non ?

Honnêtement, j'ai à peine écouté ce qu'il a dit après « ma copine, mes affaires ». Le fait qu'un homme tienne suffisamment à moi pour enquêter sur les gens pour qui je travaille est une sacrée preuve d'amour, que je n'ai jamais connue jusque-là. Rien que d'y penser, j'ai envie de prendre le premier avion pour Los Angeles et de courir à Malibu pour me jeter sur lui. Hélas, je ne ferai rien de tout cela.

— Comme tu veux. Mais ne t'inquiète pas pour moi. Je vais raccrocher les étriers et me coucher, je suis crevée.

— Waouh, tu es déjà une véritable cow-girl, ricane-t-il.

— Je t'aime.

— Rêve du paradis, susurre-t-il de cette voix rauque qui me manque déjà tant.

— Tu veux dire de tes bras ?

Il pousse un long soupir.

— Je t'appelle demain, d'accord ? je demande.

— Je t'aime. Prends soin de toi, répond-il.

Chapitre 4

Nous roulons quarante-cinq minutes avant d'arriver au siège immense de Cunningham Oil & Gas. Je ne sais pourquoi, je m'attendais à découvrir un immeuble vieillot, mais cet endroit ressemble plus à une université qu'à un quartier d'affaires. Avec des piliers blancs, des murs vitrés partout et des arbres plantés le long des allées de gravier.

— Waouh. Combien de gens travaillent ici ?

Max reste concentré sur sa conduite, reculant lentement son pick-up pour se garer devant la porte d'entrée, sur l'emplacement marqué « Maxwell Cunningham, Président-Directeur Général ».

— Il y a environ douze mille employés sur ce campus.

— Un campus ? Je me disais bien que ça ressemblait à une fac.

— On fait du beau travail, ici, notamment de la recherche. Au total, l'entreprise emploie soixante-quinze mille personnes.

— Sans rire ? Waouh. Alors, tu es responsable de tous ces gens ?

Il fronce les sourcils et ramène son chapeau vers l'avant.

— Ouais, mais ce n'est pas aussi cool que ça en a l'air. Ou plutôt, j'essaie de ne pas prendre la grosse tête. Allez viens, je vais te faire visiter. Il y a beaucoup à voir.

Il descend de la voiture et fait le tour jusqu'à moi.

— Tu sais, un gentleman est toujours censé ouvrir la porte pour sa demoiselle, gronde-t-il en refermant ma portière.

— Cher frère, je réponds en posant mes poings sur mes hanches, je ne suis pas ta demoiselle, je suis ta sœur, je réponds en plaisantant.

Il sourit jusqu'aux oreilles et j'ai l'impression qu'un sentiment de plénitude l'envahit.

— En effet, sucre d'orge. Viens, je connais des gens qui sont impatients de rencontrer ma seule et unique sœurette mystère.

Il m'offre son bras et je le prends en relevant mes lunettes de soleil.

— C'est ton père qui a construit l'entreprise ?

— Non, non, elle est plus vieille que ça. C'est mon Papi qui l'a créée, un bon vieux cow-boy à la John Wayne. Elle a prospéré au fil des générations et, aujourd'hui, c'est une des plus grosses du pays. Quand j'étais petit, je rêvais d'avoir mon ranch et de travailler ici. J'ai toujours été le bras droit de Papa, et maintenant qu'il n'est plus là, c'est moi qui tiens les rênes, conclut-il d'une voix triste.

— Je suis désolée pour ton père, dis-je en caressant son bras. S'il était comme toi, j'imagine qu'il manque à beaucoup de gens.

— Oui, je crois aussi. Tu sais, je ne comprends toujours pas pourquoi il m'a caché que j'avais une sœur.

— Ta mère s'est remariée, alors ?

Il soupire en m'ouvrant la porte.

— Ma mère n'a jamais voulu épouser mon père, même s'il a tout fait pour la convaincre. Papa lui a demandé de nombreuses fois, jusqu'au jour où je suis né, mais elle a préféré disparaître. Elle a laissé un livre de naissance qu'elle avait constitué pour moi, avec quelques photos d'elle et de mon père, et c'est tout. On n'a plus jamais eu de nouvelles. En tout cas, c'est ce que papa m'a dit.

Ses épaules se crispent et sa mâchoire se contracte. À l'évidence, parler de sa mère n'est pas son sujet préféré. Il pose une main dans le creux de mes reins et me guide vers l'ascenseur qui nous emmène cinq étages au-dessus. La boîte a beau employer des milliers de personnes, l'immeuble n'est pas très haut. Je suppose qu'ils ne veulent pas gâcher le paysage avec des gratte-ciel qui couperaient la lumière et la vue.

— Bonjour Diane, comment vas-tu ? dit Max à une petite dame assise à un bureau devant de grandes portes en bois.

Ses cheveux blancs sont relevés dans un chignon haut et elle porte des lunettes œil-de-chat roses. Elle sourit largement et tend sa main à Max, qui y dépose un baiser avant de la tapoter affectueusement. Cette dame a l'âge d'être grand-mère, mais elle a l'œil vif et intelligent de sa jeunesse.

— Qui est cette belle jeune fille ? demande-t-elle en me détaillant de la tête aux pieds comme si elle évaluait mon choix vestimentaire.

Elle ne paraît pas choquée, juste curieuse.

— Je te présente ma sœur, Mia.

Max semble si fier de dire cela que j'ai l'impression que ses bras musclés me serrent contre lui, me faisant regretter de ne pas être réellement sa sœur. N'importe qui aurait de la chance d'avoir un frère aussi attentionné et dévoué à sa famille.

Diane se lève, et je réalise qu'elle est encore plus petite que je ne le pensais. Elle m'offre un sourire qui illumine toute la pièce et m'attire dans ses bras.

— Je suis tellement heureuse de te rencontrer, Mia. Bienvenue dans la famille, mon petit. J'espère te voir ici souvent, compris ? demande-t-elle en pinçant mes joues.

— Euh… d'accord, je vais essayer.

— Merci, Diane. Tu peux la lâcher, maintenant, dit Max en me tirant par la main.

La vieille dame croise les bras en souriant joyeusement, comme si elle se faisait elle-même un câlin. Nous nous éloignons et je crois l'entendre renifler. « Si j'avais pensé voir cela un jour… » marmonne-t-elle.

Max ouvre la porte de son bureau immense qui est dans l'angle de l'immeuble, dominant le reste du campus. Des centaines d'hectares de pelouse s'étendent à nos pieds et on aperçoit divers bâtiments cachés dans les arbres.

— Nous faisons de notre mieux pour respecter l'environnement, mais ça n'empêche pas les écologistes de nous détester. Je les comprends, quelque part, mais cela ne change pas notre besoin de ressources naturelles, dit-il d'une voix douce et calme.

— Tu as beaucoup d'ennuis à cause de l'activité de l'entreprise ?

— On en a toujours un peu, oui. On prend soin d'être transparents et responsables, mais personne n'est parfait. Et puis, il y a aussi tous les conflits d'intérêts avec les matériaux.

— Comment ça ?

— Nous avons besoin d'or, de cuivre, d'étain, de tungstène et de tantale pour notre production, et nous sommes soumis aux lois du marché mondial et aux conflits entre les pays producteurs et ceux où nous avons des raffineries.

— C'est une entreprise mondiale ?

— Ouais. Nous faisons travailler soixante-quinze mille personnes, mais toutes ne sont pas aux États-Unis. Les autres branches sont gérées par des cousins et des gens extérieurs à la famille. Toutefois, il y a toujours un Cunningham à un poste clé afin de garantir que nos intérêts soient protégés.

— Et les investisseurs ?

— Il en a beaucoup également, mais ils ne détiennent que des intérêts financiers, pas des postes. Plus nous gagnons d'argent, plus ils en reçoivent. Hélas, c'est en partie la raison pour laquelle tu es ici.

Je me tourne et m'installe dans un gros fauteuil en cuir.

— Explique-moi, je t'écoute.

Il soupire et s'assied dans le fauteuil en face de moi. Nous sommes séparés par une table en verre dont le socle est une souche poncée et vernie, ce qui ajoute une touche rustique à la déco moderne du bureau. Ça me plaît, ça correspond bien à l'homme qui travaille ici.

— Eh bien, dans son testament, Papa lègue quarante-neuf pour cent de l'entreprise à ma sœur.

— Celle que tu n'as jamais rencontrée.

Il fuit mon regard.

— Euh… ouais, on peut dire ça comme ça. En gros, il laisse la moitié des parts à cette femme et il m'a donné un an pour la trouver. Donc, ça fait des mois que je la cherche. Ça va te paraître absurde et tu ne vas sans doute pas me croire, mais j'ai entendu ton nom sur la chaîne *people* que regarde ma femme. C'était en lien avec un homme que j'ai rencontré il y a quelques années, qui connaissait un couple d'amis à nous, donc je me suis tourné vers eux.

— Et qui est cet ami ?

— Hank Jensen. C'est notre voisin, et sa femme…

— … s'appelle Aspen et elle est amie avec Weston Channing. C'est ça ?

La mélancolie que je ressentais chez lui disparaît soudain.

— Oui, exactement ! Je l'ai rencontré à leur mariage, il y a quelques années. C'est un mec sympa, il fait du cinéma, non ? Bref, j'ai vu ton nom à la télé, puis dans un magazine au supermarché. Alors je… j'ai engagé un détective privé pour te retrouver.

Alors, voilà toute la vérité. Il n'y a rien de louche, c'est juste un homme qui cherche une sœur qui se trouve avoir le même nom que moi.

— Imagine ma surprise quand j'ai découvert que tu étais escort ! Je dois avouer que j'ai été un peu choqué, grogne-t-il d'un ton agacé. D'ailleurs, pourquoi tu fais ce boulot ?

— Attends une seconde, je dis en levant la main. N'essaie pas de changer de sujet. Ton détective a découvert que j'étais escort, quoi d'autre ?

— Je sais que ton père est dans une maison de repos. Je sais que tu as enchaîné les boulots de serveuse à Las Vegas puis en Californie, où tu as eu quelques jobs d'actrice. J'ai vu quelques-unes de tes pubs, d'ailleurs, tu es super-douée !

Oooh, il a vu mes pubs, trop mignon.

— Merci ! Quoi d'autre ?

— Tu es apparue aux côtés de Weston Channing, mais un mois plus tard, tu travaillais pour un artiste français. Ensuite, tu étais avec les Fasano, les proprios de ces restaurants italiens. À ce propos, je regrette qu'il n'y en ait pas un ici, leurs plats sont délicieux.

Je ris doucement en repensant au temps que j'ai passé avec Tony et Hector et tout le clan Fasano.

— C’est une famille géniale. Je tiens beaucoup à eux. C’est tout ?

— Non, tu réapparais comme étant la copine du joueur des Red Sox. Je ne comprends pas pourquoi tu sortirais avec un joueur de cette équipe pourrie, tu devrais être avec quelqu’un des Texas Rangers ! Ça, c’est du base-ball.

— Tu es sérieux ? Tu connais toute l’histoire de ma vie et tu t’inquiètes de l’équipe pour laquelle mon client jouait ?

J’ai du mal à ravaler mon angoisse, personne ne devrait en savoir autant sur ma vie privée, surtout pas un autre client.

— Alors, ce n’était pas ton copain ? Pourtant, je t’ai vue l’embrasser dans les magazines. Ce Weston aussi.

Je pousse un grognement exaspéré.

— Ce sont tous des clients. Sauf Weston, lui c’est mon copain, mais il ne l’était pas à l’époque. Ça ne fait pas longtemps qu’on est en couple, mais peu importe. Qu’est-ce que tu attends de moi ?

Il se lèche les lèvres en se frottant la mâchoire.

— C'est simple. J'ai besoin que tu te fasses passer pour ma sœur afin que les investisseurs ne puissent pas prendre possession de la moitié de mon entreprise.

— Mais ça marcherait comment ? Tu ne crois pas qu'ils vont finir par découvrir la vérité ?

— Je ne pense pas, non. Tu n'imagines pas le choc que j'ai eu quand j'ai découvert que la Mia Saunders que je voyais à la télé et dans les magazines avait le même nom que dans le testament de mon père et la même date de naissance. Pour l'instant, ton permis de conduire suffira. D'ici à ce que j'aie besoin des actes de naissance et d'un test ADN pour le tribunal, j'espère avoir trouvé la véritable Mia Saunders. Ma Mia. J'ai toujours rêvé d'avoir une grande famille, mais Papa n'a jamais eu d'autres enfants. C'est pour ça que Cyndi et moi nous sommes mariés jeunes et avons tout de suite commencé à fonder une famille.

Mon cœur se pince lorsque je l'entends dire « Ma Mia ». Je le comprends, car je partage son désir d'avoir une vraie famille, avec une mère, un père, une sœur et un frère. Si j'ai désormais de nombreuses personnes sur qui compter, il n'y a eu que Maddy et papa pendant toutes ces années, et encore, quand il était assez sobre pour se comporter comme un père. Je rêve désespérément d'une structure familiale, moi aussi, ce lien du sang que j'ai avec Maddy est tout pour moi.

— Je ferai tout ce dont tu as besoin. Tu n'as qu'à me dire ce que tu veux.

— C'est aussi simple que ça ? Tu vas m'aider et faire semblant d'être ma sœur ?

La décision n'est pas si difficile à prendre. J'ai été copine, muse, fiancée, modèle, croqueuse de diamants et séductrice. Pourquoi je ne pourrais pas être la sœur d'un mec bien qui cherche simplement à protéger son entreprise ?

— Appelle ta prochaine fille comme moi, et nous avons un deal.

Je m'efforce d'être sérieuse en lui tendant la main.

— Tu es sérieuse ? C'est tout ce que tu veux en retour ?

Ses yeux brillent de nouveau de cet éclat qui me donne l'impression de le connaître. Je suis certaine d'avoir déjà vu ce regard.

— Tu donnerais vraiment mon prénom à ta fille ? je demande en laissant tomber ma main.

— Si tu m'aides à sauver ma boîte, c'est la moindre des choses. Et puis, tu es ma sœur, déclare-t-il avec tant de conviction que je pourrais presque le croire.

— Tu as l'air droit dans tes bottes. Ça me plaît. Mais je plaisantais, ne t'inquiète pas. Tu ne me dois rien. Contente-toi d'offrir une belle vie à ta famille.

— Tu ne veux pas plus d'argent ? Tu pourrais me faire du chantage, tu sais. Nos revenus sont de plusieurs milliards de dollars chaque année. Tu n'aurais plus jamais à travailler.

— Une bonne action doit être faite bénévolement, sinon ce n'est pas une bonne action. Tu as déjà payé pour me faire venir ici et j'ai envoyé l'argent à mon créancier. Tout est en ordre.

Il me dévisage et ses yeux s'assombrissent brusquement.

— Un créancier ? L'argent que j'ai payé sert à rembourser une dette ? Pourtant, mon détective n'a trouvé aucune dette à ton nom. Tes comptes ne débordaient pas d'argent, mais je sais que tu as fait des chèques au nom d'une université, je pensais que tu travaillais pour rembourser tes études. Cet argent était censé être pour toi ! s'exclame-t-il en colère.

Eh bien, voilà une réaction à laquelle je ne m'attendais pas.

— Écoute, Max, mes dettes ne te concernent pas. D'ailleurs, elles ne devraient même pas me concerner, moi non plus ! je réponds machinalement, le regrettant immédiatement.

— Comment ça ? Tu rembourses la dette de quelqu'un d'autre ?

Il se lève, les mains sur les hanches. Un rayon de soleil frappe la boucle de sa ceinture et rebondit dans mes yeux, m'aveuglant momentanément.

— Ça ne te regarde pas, je dis en fermant les yeux.

— Bien sûr que si, tu es ma sœur.

— Ta fausse sœur, je lui rappelle vertement.

Normalement, je me fais entendre lorsque je parle sur ce ton de mise en garde, mais ce n'est pas le cas avec Max qui ne semble pas l'avoir remarqué. Il enlève brusquement son chapeau et le pose sur son bureau, puis il passe ses mains dans ses cheveux. Les mèches retombent sur son front et sur ses joues et l'image que j'ai devant moi me coupe le souffle. L'espace d'un instant, il ressemble comme deux gouttes d'eau à Maddy, ma petite sœur.

— Max, je ne vais pas te parler de cette dette. Sache simplement que je m'en occupe.

— Et la fac ? Si tu es ici, tu ne peux pas aussi être à la fac.

Je ferme les poings et les presse sur mes cuisses. Tout ça ne le regarde absolument pas. La plupart de mes clients n'en savent pas autant et je ne connais Max que depuis quelques heures. Wes est la seule personne à qui j'ai parlé aussi rapidement de ma situation familiale, et au fond, je savais déjà qu'il n'était pas qu'un simple client. Maintenant, il y a ce cow-boy géant qui fouine dans mes affaires, apparemment il n'a pas l'intention d'arrêter tant qu'il n'aura pas eu de réponses.

Je reprends mon souffle et me penche sur le bureau.

— Ça fait longtemps que j'ai arrêté l'école, Max. Les chèques que je fais pour la fac ne sont pas pour moi.

— Ils sont pour qui ? demande-t-il en frottant sa mâchoire.

— Pour ma sœur, Madison. C'est moi qui paie ses études.

Son bras retombe sur le bureau et il s'y appuie de tout son poids.

— Tu as une sœur ? s'exclame-t-il, à bout de souffle.

— Eh ouais. Elle a cinq ans de moins que moi. Elle veut travailler dans les sciences, je réponds fièrement.

Ma petite sœur est ma seule source de fierté. Tout ce que je fais, je le fais pour elle, à cause d'elle. Je veux qu'elle ait tout ce qu'elle désire et j'ai toujours réussi.

— Ton détective privé ne te l'a pas dit ? je m'exclame, moqueuse.

Nos regards se croisent et je découvre que le sien est torturé et débordant de tristesse. Il déglutit plusieurs fois, ouvre la bouche et la referme.

— Une autre sœur, chuchote-t-il enfin. Madison. Deux sœurs. C'est tout ce dont j'ai rêvé.

Il secoue la tête, ferme les yeux, et une larme coule sur sa joue.

Qu'est-ce qui vient de se passer ?

Chapitre 5

— Max, qu'est-ce qui ne va pas ?

Il se lève et marche jusqu'à la fenêtre en passant ses mains dans ses cheveux.

— Euh, rien, dit-il en se raclant la gorge.

Je ne comprends pas. Nous parlions tranquillement de pétrole, puis il s'est mêlé de ma vie privée et, tout à coup, il semble au bord des larmes.

Ça n'a pas de sens. J'ai compris que sa famille lui tenait à cœur, mais rien de ce que j'ai dit n'explique qu'un homme se mette brusquement à pleurer.

Je vais à lui et pose une main sur son épaule musclée. À l'évidence, Max n'est pas du genre à passer ses journées devant la télé. Je crois plutôt que c'est quelqu'un qui aime se servir de ses mains, et souvent.

— C'est à cause de ton père ?

Il fronce les sourcils et secoue la tête. Il semble torturé et dégage une tension énorme. Tout à coup, il m'attire dans ses bras et plaque mon visage contre son torse. Il tremble de la tête aux pieds et, pour un homme de sa taille, ce n'est pas peu dire. Qu'est-ce que je suis censée faire ? Je m'accroche à lui et tente de le rassurer.

— Ça va, Max. Tout ira bien. Il est en paix, maintenant.

Il me serre si fort que je n'arrive plus à respirer. Une autre approche s'impose.

— Calme-toi. Souviens-toi que tu as une femme magnifique, une fille adorable et une famille qui t'aime.

Il respire lentement par le nez et relâche peu à peu son étreinte. Il tousse et fait un pas en arrière avant de me tourner le dos. Il essuie ses joues et se racle la gorge, et je fais mine d'étudier un tableau de l'autre côté de la pièce pour lui laisser de l'espace.

— Je suis désolé, Mia, dit-il au bout de quelques minutes. Je ne savais pas que j'étais encore si triste. J'apprécierais que tu n'en parles à personne, ajoute-t-il en baissant les yeux.

— Ne t'en fais pas, Max. On a tous notre fardeau à porter, c'est juste que ta peine est plus récente.

Il relève la tête et se tient plus droit, reprenant le contrôle de ses émotions.

— Viens, laisse-moi te montrer le reste du campus.

— Après toi.

Nous passons devant Diane, qui sourit jusqu'aux oreilles, les mains jointes sur la poitrine. Max m'offre son bras et elle semble plus joyeuse encore. Je glousse doucement et m'appuie contre lui car je crois qu'il a besoin d'un peu de chaleur humaine.

Nous passons les deux heures suivantes à aller d'un département à un autre. J'ai l'étrange impression que chaque fois qu'il me présente, sa fierté croît un peu plus et, bientôt, il semble convaincu de ce qu'il dit. Ce scénario me laisse perplexe.

Maxwell m'emmène au département d'ingénierie où il me présente à une femme mince aux cheveux châtains tressés. Ses lunettes accentuent son air cul serré et elle me regarde avec une expression de dédain dès que nous passons la porte. Je sais immédiatement qu'elle va poser problème à Max et sa nouvelle fausse sœur.

— Mia, voici ma cousine, Sofia Cunningham. Elle dirige notre département d'ingénierie et elle siège au comité de parrainage.

Je lui tends la main et elle la regarde avec dégoût avant de la serrer si fort que je grimace et fais un pas en arrière.

— Ravie de faire ta connaissance, je dis en m'efforçant d'avoir l'air sincère.

— Pareillement. Alors, Mia, tu es la sœur mystère dont personne n'était au courant, crache-t-elle, frappant sa cible, Max, en plein cœur.

Elle ne m'effraie pas et j'apprécie Max, donc je la fusille du regard pour lui montrer qu'elle ne m'impressionne pas.

— Où te cachais-tu pendant tout ce temps ?

— À Las Vegas, je réponds simplement.

— Ah oui ?

Elle se déhanche et remonte ses lunettes sur son nez.

— C'est fou que, tout à coup, mon oncle meure et te lègue une moitié de l'entreprise pour laquelle nous nous sacrifions tous depuis des années.

Je connais ce genre de nana et je sais que je ne dois surtout pas lui montrer le moindre signe de faiblesse. Je dégage mes cheveux de mon visage, prends le bras de Max et lui souris faussement.

— Faut croire que j'ai de la chance, n'est-ce pas ?

Elle soupire et nous fait signe de la suivre à une table, où elle désigne une immense feuille sur laquelle est écrit… je ne sais quoi. Les maths et la géométrie n'ont jamais été mon truc, ce pourrait être en grec, ce serait la même chose.

— Max, ces schémas doivent être revus par le comité et l'avocat, et la compta doit bientôt faire l'appel de fonds si on veut avancer sur la raffinerie en Asie. Quand auras-tu le temps d'y jeter un œil ?

Max passe un bras sur mes épaules.

— Sofia, je viens de rencontrer ma sœur. On a passé la journée ensemble. Tu peux peut-être me laisser deux jours avant de me casser les pieds avec le boulot ? Je t'avais prévenue qu'une fois qu'elle serait là, j'allais être moins disponible.

— Tu sais que je n'aime pas prendre du retard, dit-elle en faisant la moue. C'est important, Max. Plus important qu'une inconnue, siffle-t-elle.

— Sofia, tu sais combien la famille compte pour moi, gronde-t-il, et je t'interdis de parler ainsi de ma sœur. Elle fait désormais partie de la famille, comme toi, même si on l'apprend sur le tard.

— Ouais, eh bien, on verra ce qui advient de cette histoire.

— Tu vas vérifier son CV ?

Elle hausse les sourcils.

— Peut-être bien, ouais. Tu en penserais quoi ?

Max appuie son avant-bras sur le bureau et approche son visage de celui de cette peste.

— Il est solide comme du béton, cousine. Tu peux chercher tout ce que tu veux, tu ne trouveras rien. Mais fais-toi plaisir. Je sais que tu veux mettre la main sur les quarante-neuf pour cent, mais le testament est inattaquable. Parles-en à l'avocate, si tu veux, dit-il en attrapant les schémas. J'y jetterai un œil quand j'aurai le temps. Quand j'aurai fini la visite guidée avec ma sœur.

Il lui tourne le dos, pose une main sur mon épaule et me guide dans le couloir.

— Alors ? Ta cousine a toujours été une garce ? je demande sans malice.

La dernière chose que je souhaite, c'est l'énerver davantage, mais je ne devrais pas m'inquiéter car il éclate de rire et me serre contre lui. Je déteste l'admettre, mais j'aime sentir cette proximité avec un homme sans le stress d'une possible relation sexuelle. Avec Maxwell, les choses ont l'air simples. C'est un homme bien, et plus je passe de temps avec lui, plus j'apprécie sa compagnie. J'aime son honnêteté et sa franchise.

Bien évidemment, cela me fait penser à mon autre cow-boy des temps modernes. Je parie qu'il adorerait Max. Ils ont beaucoup en commun, en fait. Ils ont tous les deux une très haute estime de leur famille et ils aiment les choses simples de la vie, même s'ils ont les moyens de s'acheter tout ce qu'ils veulent. Ils travaillent tous deux très dur, et, d'après ce que je sais, ils aiment passionnément leur femme. Soudain, je repense aux bras de Wes lorsqu'il me tenait contre lui à l'aéroport.

Il passe ses mains dans mon dos et dessine de petits cercles du bout des doigts.

— Je ne veux pas que tu partes, dit-il simplement, comme si je ne le savais pas déjà.

Depuis que nous nous sommes avoué nos sentiments, je sens ses changements d'humeur et j'arrive à deviner ce qu'il pense.

— Je reviens dans trois semaines, et on se parlera tous les soirs.

— Promis ?

Il semble si fragile que mon cœur bat la chamade. Je m'appuie contre lui et il fredonne sa satisfaction, comme un chat qui ronronne. Je frotte mon nez sur sa poitrine pour m'imprégner de son odeur et l'emporter avec moi jusqu'à Dallas.

— Je serai là dans à peine trois semaines. Sauf si tu me dis de te retrouver ailleurs. Sinon je rentrerai à la maison.

Chaque fois que je désigne Malibu comme étant ma maison, un sourire heureux se dessine sur ses lèvres.

— J'adore que tu parles de notre maison.

Ses mains glissent dans mon dos et il m'attire contre lui pour me faire sentir son sexe durci.

— Je sais. Et je sais aussi combien je vais te manquer.

Je gigote contre son érection et il grommelle des jurons. Il remonte ses mains dans mes cheveux puis il les tire, m'obligeant à pencher la tête en arrière. Je suis complètement à sa merci, et j'adore ça.

— C'est tellement simple de te parler, sœurette, dit Max en interrompant mes rêveries.

Je regarde autour de nous pour voir si quelqu'un nous regarde, mais le hall est vide. J'entends des murmures de voix derrière les portes que nous passons, les cliquetis d'un clavier, le bruit d'une conversation téléphonique… Cependant, il n'y a personne avec nous.

Dans ce cas, pourquoi m'a-t-il appelée sœurette ? Peut-être qu'il essaie de s'habituer au surnom ? Cela dit, je dois avouer que j'aime bien qu'il m'appelle ainsi, et sans doute n'est-ce pas très sain. S'il continue comme ça, je risque d'oublier que je ne suis pas réellement sa sœur. Que tout ça n'est qu'un travail. Je joue un rôle. Comme une actrice.

Toutefois, je ne lui fais pas part de ma réflexion et je lui mets un léger coup d'épaule. Mais il est si grand que mon épaule n'atteint pas la sienne. Nous traversons le bâtiment jusqu'à la cafétéria, qui n'a rien à voir avec celles que l'on voit dans les films. Celle-ci a quatre restaurants, un snack-bar et de grandes tables en bois.

Max désigne les restaurants l'un après l'autre. L'un est italien, l'autre américain, le troisième est asiatique et le dernier Tex-Mex.

— Où préfères-tu manger ? Ils sont tous gratuits.

— Gratuits ?

Je ne sais pas lequel choisir. Cela dit, étant au Texas, je me dois de goûter le Tex-Mex au moins une fois, donc je montre le restaurant avec le gros piment rouge et le sombrero.

— Ouais. Mes employés travaillent souvent douze à dix-huit heures par jour. Certains passent même la nuit ici, ils dorment quelques heures dans ce qu'on appelle le bunker avant de s'y remettre.

— Pourquoi tu leur demandes de travailler autant ? je demande en grimaçant.

Il me guide à travers le réfectoire, qui a tout d'un self normal sauf qu'il n'y a pas de caisse. Nous nous asseyons à une table libre et je regarde le menu.

— Ce n'est pas voulu, mais tu dois comprendre que certains de nos projets sont très urgents. Plus on met de temps à les mettre sur pied, plus le prix du baril de pétrole peut être élevé, et ces coûts sont inévitablement répercutés sur le consommateur au bout de la chaîne, c'est-à-dire toi et moi quand on fait notre plein.

Je hoche la tête en étudiant le menu.

— Tout le monde travaille dur, mais nos employés sont très bien récompensés pour leurs sacrifices. Par exemple, la nourriture dans les restaurants est gratuite. Nous avons aussi une crèche, une salle de sport et une salle de jeux où ils peuvent se détendre quand il y a trop de pression. Nous avons même un jardin zen où ils peuvent se promener pour se sentir en lien avec la nature.

— Waouh, on dirait que vous faites tout pour les chouchouter.

Il sourit et fait signe à une serveuse de venir à nous.

— On essaie. Qu'ils soient cadres ou stagiaires, je veux que les membres de mon équipe travaillent dur et qu'ils sachent qu'ils sont appréciés. Tu comprends ?

— En théorie, oui, mais je n'ai jamais eu d'employeur comme toi. Enfin, jusqu'à maintenant. Millie s'occupe bien de moi.

— Millie ?

— Ah, pardon. Miss Milan. C'est ma tante, en fait.

— Du côté de ton père ? il demande aussitôt.

— Non, de ma mère, je réponds en trifouillant la salière.

Il pose un coude sur la table et appuie son menton dans sa main.

— Parle-moi d'elle.

En temps normal, si je n'étais pas si charmée par l'environnement décontracté et la facilité avec laquelle je parle à Max, j'aurais trouvé sa curiosité étrange. Qui s'intéresse aux tantes des autres ?

— Ben, je suppose que je peux commencer par dire que je tiens mon physique d'elle et de ma mère.

— C'est vrai, répond-il.

Je le regarde en fronçant les sourcils. Comment peut-il savoir que ce que je dis est vrai ? Je n'ai pas le temps de le lui demander, cependant, car la serveuse nous interrompt. Nous commandons tous les deux la même chose, une assiette mixte de tostada[1] et d'enchilada[2] au fromage, à la différence près que Max commande deux tacos supplémentaires, ce qui n'est pas anormal pour quelqu'un de sa taille. Sa femme doit passer des heures à lui faire à manger.

— Alors, tu disais ? Tante Millie est la sœur de ta mère et elle dirige Escorts Exquises ? C'est pour ça que tu fais ce boulot ?

---

1. Sorte de taco qui est plat et ouvert, sur lequel les ingrédients sont déposés en couches. (NdT, ainsi que pour toutes les notes suivantes)

2. Tortilla de maïs enroulée et frite.

— Ouais, il fallait que je gagne beaucoup d'argent, et vite.

— Est-ce que je peux demander pourquoi ?

— Je suppose, mais je ne comprends pas pourquoi ça t'intéresse autant.

Il tourne la tête et je crois le voir rougir.

— Disons simplement que je suis curieux. Je t'apprécie, Mia. Je sais déjà que tu es quelqu'un de bien, et je veux que ton séjour chez nous te plaise. J'aimerais que tu puisses rentrer chez toi en sachant que tu peux compter sur moi.

Le voyage initiatique que j'ai entamé cette année m'a appris à ne pas être cynique à propos de ces choses-là. Max semble avoir la même nature que Taï. Il est protecteur vis-à-vis des femmes, de toutes les femmes, et ce n'est pas par machisme mais parce que cela lui tient vraiment à cœur. Max me donne la même impression. J'inspire profondément et décide d'être sincère. Je vais tout lui dire, et s'il me perçoit différemment, alors tant pis. Dans la vie, il faut prendre des risques. Si je veux avoir des relations durables avec mes nouveaux amis, je dois accepter de me livrer à eux.

— Mon père s'est attiré de gros ennuis. Il est ivre la plupart du temps, mais c'est un joueur compulsif vingt-quatre heures sur vingt-quatre et sept jours sur sept. D'habitude, il arrivait à rapporter juste assez d'argent pour payer le loyer. Pour le reste, la nourriture, les factures, les vêtements, etc., il fallait se débrouiller.

— C'est-à-dire ? demande Maxwell avec un regard glacial.

Je me concentre sur le thé glacé que m'apporte la serveuse et j'y mets une tonne de sucre avec une tranche de citron.

— D'habitude, c'est moi qui travaillais. J'achetais les vêtements pour Maddy et moi au Secours Populaire. Je faisais super-attention avec mes fringues, parce que je savais que je devais les passer à Mads tôt ou tard. Mais tu sais quoi ? Elle ne s'est jamais plainte. C'est de loin la meilleure de nous deux.

Je me sens soudain terriblement triste en pensant à elle. Je l'appellerai dès que nous serons rentrés au ranch. Ça fait bien trop longtemps que je lui ai parlé. Il faut vraiment que je lui annonce que j'ai emménagé avec Wes. Peut-être qu'elle pourrait venir passer Noël avec nous ? Cela dit, je ne sais pas encore où je serai pour les fêtes.

— Vous devez être très proches, dit-il d'une voix émue.

— Ouais, carrément. On s'est retrouvées toutes les deux quand maman est partie et que papa est devenu alcoolique. Il ne s'est jamais remis de l'avoir perdue.

Max fronce les sourcils et je crois l'entendre grommeler « je sais ce que c'est », mais je n'y prête pas attention. Il ne connaît pas notre mère. En même temps, il a dit qu'il ne connaissait pas la sienne, non plus.

Il y a un long silence durant lequel Max déchire sa serviette en papier, perdu dans ses pensées. De mon côté, je me rappelle toutes les fois où Maddy et moi aurions voulu la solidarité d'une mère, un modèle féminin sur lequel prendre exemple en grandissant.

La serveuse apporte nos assiettes et nous passons plusieurs minutes à savourer la nourriture en silence. Max finit par poser sa fourchette, avaler sa bouchée et joindre ses mains sous son menton.

— Tu me parlerais de Madison ? demande-t-il d'une voix douce et triste.

S'il y a un sujet que je suis toujours ravie d'aborder, c'est bien celui de Maddy.

— Maddy, ou Mads, est magnifique. Elle a de longs cheveux blonds, elle est grande et fine avec les mêmes yeux que les miens, et elle se transforme un peu plus en femme de jour en jour.

— Elle n'est pas brune ?

Je trouve sa question bizarre, mais peu importe.

— Non, tout le contraire, je dis en étudiant son visage. Tu sais, elle te ressemble plus qu'à moi, en fait ! C'est elle que tu aurais dû engager pour jouer ta fausse sœur, je glousse.

— Ton père est blond ?

— Non, il a les cheveux noirs lui aussi. Mads tient de notre grand-mère, je crois. En tout cas, c'est ce que disait papa.

— Hmm, d'accord. Quoi d'autre ? Tu as dit qu'elle était à la fac ?

— Oui ! Elle veut faire un doctorat en sciences, je m'exclame en me tenant plus droite.

Ma petite sœur va faire des miracles, et je suis on ne peut plus fière d'elle.

— Tu as l'air super-contente.

Je penche la tête sur le côté et le regarde déplacer sa nourriture dans son assiette sans la manger.

— Pourquoi je ne le serais pas ? Je l'ai élevée pour qu'elle devienne une personne géniale. Je suis sa mère, son père et sa sœur depuis quinze ans. Et je traverse le pays de long en large pour payer ses études tout en sauvant la peau de mon père.

Il fronce les sourcils et prend un air sérieux.

— Explique-moi les problèmes qu'il a eus. Tu as dit qu'il ne pouvait pas s'empêcher de jouer. C'est à cause de ça ?

J'enfourne une bouchée de tostada, savourant le croquant de la laitue et le mélange d'asada[1], de fromage, de guacamole et de haricots rouges. C'est délicieux.

---

1. Grillade.

— Il doit une somme gigantesque à un horrible usurier. Bien évidemment, il ne peut pas le rembourser, donc ils l'ont tabassé à mort. Ou presque puisqu'il est dans le coma. Ils m'ont épinglée à l'hôpital et ils m'ont dit que si je ne les remboursais pas, ils le tueraient et qu'ils s'en prendraient à Maddy et moi. Ils appellent ça la dette du survivant, je dis en repoussant mes cheveux. Hélas, je connais le connard qui lui a prêté cet argent. C'est mon ex et c'est un psychopathe. Il n'aurait aucun scrupule à nous tuer si je ne lui rendais pas son argent. Donc, je fais ce que je peux pour le rembourser.

— Tu lui dois combien ?

Une personne normale garderait sans doute cette information pour elle, mais j'en ai assez de supporter des secrets. Parfois, il faut se libérer de ce poids.

— Un million de dollars.

Il écarquille les yeux.

— Je sais, c'est dingue, non ?

Il vide tout l'air de ses poumons et recule sur la banquette.

— Tu es payée cent mille dollars pour le mois. Alors, tu le paies petit à petit ?

— Bingo ! je m'exclame en souriant, mais il ne partage pas mon humour.

— Tu lui dois encore combien ?

— En comptant ce mois-ci, je dis en avalant une autre bouchée, quatre cent mille.

— C'est pour ça que ton compte est vide. Tout ce qui te reste, tu le donnes à ta sœur, c'est ça ?

— Exactement ! Tu es perspicace, Maximus !

— Maximus, répète-t-il en riant.

— Tu t'es vu ? Tu es immense ! C'est le surnom parfait pour toi.

— Mia, dit-il froidement en prenant ma main, j'aimerais rembourser ta dette. Le million entier, comme ça, tu pourras récupérer ton argent. Tu ne devrais pas avoir à payer les pots cassés à la place de ton père.

Je me lèche les lèvres, retire ma main et le regarde droit dans les yeux. Je ne comprendrai jamais pourquoi les hommes comme Max pensent que leur argent peut résoudre tous les problèmes. Ces derniers temps, j'ai l'impression que tous ceux que je rencontre veulent jouer au chevalier blanc.

— Pourquoi tu ferais ça ? je dis d'une voix désinvolte, ce que Max ne prend pas bien.

Tout son corps se crispe et il serre la mâchoire si fort que je me demande si elle va tenir.

— Parce que je le peux, répond-il sans desserrer les dents.

Je recule sur ma chaise et plonge mon regard dans le sien pour m'assurer qu'il comprenne que je suis des plus sérieuses.

— Je ne te laisserai jamais faire ça.

Il recule également et allonge le bras sur le dossier de la banquette.

— Tu devrais apprendre à accepter les cadeaux.

Les cadeaux ? Ce type est complètement dingue !

— Tu n'as qu'à dire ça à mon copain plein aux as. J'ai une idée, vous devriez monter un club. Le club des gens qui sont tellement riches qu'ils en deviennent idiots. Je vais très bien, tu sais. Je vais continuer à tranquillement rembourser cette dette, puis je vais m'installer de façon permanente à Malibu et applaudir ma petite sœur quand on lui donnera sa licence, son master puis son doctorat. On peut parler d'autre chose, maintenant ? Tu m'énerves, alors que je profitais joyeusement de ce délicieux repas gratuit.

Max me regarde comme si un troisième œil me poussait sur le front.

— Comme tu voudras, sucre d'orge, répond-il en ricanant.

Sucre d'orge. Je le baptise Maximus et lui, il m'appelle « sucre d'orge » ? Génial.

Chapitre 6

Nous passons la semaine à apprendre à nous connaître et à parcourir les bureaux pour s'assurer que tout le monde me voie. Toutefois, je passe le gros de mon temps avec sa petite famille, ce qui est tout simplement merveilleux. Si Maddy et Wes étaient là, je me serais sentie parfaitement chez moi. Nous déjeunons tous les jours dans un des restaurants d'entreprise et je ne sais toujours pas lequel est mon préféré.

Aujourd'hui, lorsque nous avons fini de déjeuner, Max m'a fait visiter l'autre moitié du campus où siègent les départements de Ressources Humaines, Juridique, de Relations Publiques et de Marketing. Je regrette de ne pas avoir de podomètre, car je suis certaine que nous avons fait au moins dix mille pas dans la journée.

Lorsque nous arrivons chez lui, je suis surprise de voir un autre géant avec un enfant sur un bras. Son autre main est posée sur la taille d'une blonde magnifique dont les cheveux raides lui tombent comme un rideau jusqu'aux fesses. Elle est vêtue d'une jupe crayon noire, d'un chemisier en soie bleu et d'une paire de claquettes. En dehors de son choix de chaussures, elle est bien plus apprêtée que quiconque de mes connaissances, sans doute a-t-elle troqué ses talons aiguilles contre ces chaussures de plage pour préserver ses pieds.

Nous gravissons les marches du perron et j'entends des bribes de conversation.

— … alors, pour vous remercier, nous aimerions vous inviter à dîner un de ces quatre, dit la blonde.

— Eh bien, qui avons-nous là ? dit Max en regardant le couple en souriant.

L'homme se tourne vers nous et sourit de plus belle. Je m'arrête pour observer le sublime spécimen masculin qui se tient devant moi. Avec ses cheveux châtain clair, sa mâchoire carrée, ses dents blanches et parfaites, juste assez de barbe pour me mettre l'eau à la bouche et des biceps plus gros que mes cuisses, on dirait un authentique Viking.

Ses yeux bleu-vert pétillent tandis qu'il me reluque bien plus vite que la plupart des hommes. Je suis loin d'être un mannequin, mais je ne me suis jamais plainte de ne pas attirer l'attention des mecs. Or, celui-ci me regarde comme s'il m'étudiait sans me mater.

Cela dit, il me suffit de regarder à côté de lui pour comprendre. Ses yeux sont aussi bleus que l'eau à Oahu. Sa peau est pâle et semble douce comme de la soie, sa bouche est rouge et charnue, ses pommettes sont hautes et son nez petit. Je crois que c'est une des femmes les plus élégantes que j'aie jamais vues. Sans parler de son corps. Inutile de se demander pourquoi il n'a d'yeux que pour elle. Il lui jette des coups d'œil toutes les trois secondes comme s'il était prêt à lui sauter dessus. En fait, il l'admire comme Wes me regarde, comme s'il ne se lassait jamais de la regarder. Le petit sourire que lui renvoie la blonde me dit qu'elle apprécie son attention.

Il tient dans ses bras la petite fille la plus adorable au monde, en dehors d'Isabel qui est vite devenue une très bonne amie. Ce matin, lorsque je me suis réveillée, je l'ai trouvée dans mon lit, en train de jouer avec mes cheveux.

— Pourquoi tu as les cheveux noirs ? a-t-elle demandé.

J'ai ri et je me suis frotté les yeux avant de lui expliquer que ma maman avait les cheveux noirs. Elle a formé un « o » avec sa bouche en faisant le lien dans sa tête.

— Et mon papa a les cheveux jaunes, alors moi aussi !

J'ai éclaté de rire et je lui ai dit combien elle était intelligente, puis je l'ai autorisée à jouer avec mes affaires pendant que je me préparais pour aller au bureau avec Max.

— Voici Hank et Aspen Jensen, dit Max en désignant le demi-dieu et sa femme, et leur fille Hannah, ajoute-t-il en chatouillant le ventre de la petite fille qui hurle de rire. Je vous présente Mia Saunders, ma sœur.

Je leur serre la main et suis ravie lorsque Hank ne broie pas la mienne. J'aime les mecs qui savent être fermes sans être brutaux.

— Je suis ravie de faire votre connaissance. C'est drôle, mais vous connaissez mon copain, Weston Channing.

Le regard d'Aspen s'illumine immédiatement. Elle est tellement belle ! Si elle n'avait pas l'air si gentille, j'aurais appelé Gin pour me plaindre des femmes parfaites comme elles qui mettent tous les mecs à genoux.

— C'est vrai ? J'adore Weston, s'exclame-t-elle en posant une main sur sa poitrine.

— Comment ça ? grogne son mari. Je croyais que tu n'adorais que moi, mon ange ?

Elle balaie sa remarque d'un geste de la main.

— Je ne savais pas qu'il voyait quelqu'un. Weston est si gentil, sans oublier qu'il est canon !

Hank saisit Aspen par la taille et l'attire contre lui.

— Tu insinues que d'autres hommes que moi te plaisent, Chérie ?

Elle lève les yeux au ciel et tapote sa main.

— Weston et moi n'avons jamais eu le moindre rencard ni échangé le moindre baiser. Nos déjeuners ont toujours été pour le travail et la seule fois que j'ai dansé avec lui, c'était pour notre mariage. Détends-toi, mon grand.

Il remonte sa main le long de ses côtes, s'arrêtant juste sous son sein, et elle retient son souffle lorsqu'il dépose une série de baisers dans son cou, peu gêné d'être en public.

— Un véritable homme des cavernes, déclare-t-elle en levant les yeux au ciel. Allez, va traîner avec Max et les enfants et laisse-nous entre filles.

Il hoche la tête et commence à s'éloigner avant de revenir pour saisir sa nuque et s'emparer de sa bouche. Elle pousse un petit cri, puis elle fredonne de plaisir en se liquéfiant sur place. Soudain, Wes me manque encore plus. Je ne sais si c'est parce que notre amour est si jeune ou si c'est parce que j'ai désespérément besoin d'être avec quelqu'un qui me connaît, mais j'ai l'impression que la distance qui nous sépare grandit chaque jour.

Cyndi nous emmène dans la véranda située à l'arrière de la maison. Un énorme ventilateur propulse de l'air frais en direction de nos fauteuils en osier couverts de gros coussins moelleux. Sur la table basse, il y a un plateau avec des verres et une carafe pleine d'un liquide rose.

— De la limonade rose à la vodka, dit Cyndi en souriant.

Je la prends par les épaules et l'attire à moi.

— Continue comme ça et je ne repartirai jamais d'ici, je dis en souriant.

— Je l'espère, marmonne-t-elle avant de remplir deux verres.

Étrange.

Elle prend une autre carafe avec un smiley « pas content » dessiné au marqueur, et remplit un troisième verre.

— Ça, c'est pour moi, dit-elle en frottant son ventre. Encore deux mois sans alcool, râle-t-elle.

Waouh. Elle a encore deux mois à tenir et elle est déjà énorme. Cela dit, je ne m'y connais pas assez pour savoir à quoi doit ressembler une femme dans son septième mois de grossesse.

Je lui tapote le dos :

— Désolée, Cyndi.

— Je n'y penserai plus une fois qu'il sera là, répond-elle en haussant les sourcils.

Je bois une gorgée de la limonade citronnée à la vodka et je la laisse envoûter mes papilles. C'est délicieux, rafraîchissant et apaisant.

Nous parlons de tout et de rien, la météo, les dernières tendances de la mode auxquelles je ne connais strictement rien. Aspen admet que c'est son assistant personnel qui choisit tous ses vêtements et qu'il péterait un câble s'il la voyait en claquettes. Apparemment, il les déteste. Elle dit son nom plusieurs fois, mais l'alcool commence déjà à assoupir mes neurones.

— Ma sœur est enceinte, elle aussi. Elle attend des jumeaux, s'exclame Aspen, clairement heureuse de devenir tatie.

Je me lève d'un bond pour attraper mon téléphone, et Cyndi fronce les sourcils, inquiète.

— Qu'est-ce qui se passe ?

— Rien, je réponds en secouant la tête. C'est juste que quand Aspen a parlé de sa sœur, ça m'a rappelé que je dois appeler Maddy. Ça fait des jours que j'y pense et je ne le fais jamais.

— Qui est Maddy ? demande-t-elle en se frottant le ventre.

Depuis qu'elle est assise, elle ne cesse de frotter son ventre un peu partout. Je n'ose pas lui demander pourquoi elle fait ça, j'ai peur de la mettre mal à l'aise. Je suppose que je rejoindrai le club un jour, si Wes veut des enfants. Voilà encore un sujet que mon nouveau copain et moi devrons aborder à l'avenir. Cependant, j'ai hâte d'avoir toutes ces discussions. Je ne les ai jamais eues avec mes ex alors que j'étais folle d'eux. Bon sang, ce que j'étais bête. J'ai désormais un autre chemin tracé devant moi, jonché de couchers de soleil, de sessions de surf et de grasses matinées avec mon beau gosse préféré.

— Ben, c'est ma sœur ! je réponds en gloussant parce qu'à l'évidence je ne tiens vraiment plus l'alcool.

Elle pâlit brusquement et porte sa main à sa bouche tandis que ses yeux se remplissent de larmes. Merde. Qu'est-ce que j'ai dit ?

— Tu as une sœur ? Ta mère a eu une autre fille ? demande-t-elle d'une voix rauque alors que je hoche la tête. Max n'en a pas parlé, murmure-t-elle en réprimant un sanglot.

Bon sang, mais qu'ont tous ces gens ? C'est comme si le mot « sœur » les plongeait dans une dépression intense.

— Pourtant, je lui en ai parlé dès le premier jour, je réponds en attendant que Maddy décroche.

Cyndi se lève si vite qu'elle perd l'équilibre, Aspen la retient en l'attrapant par la taille.

— Ça va ?

— Il faut que j'aille voir Max. Bon sang, c'est pour ça qu'il est si bizarre.

Je regarde autour de nous, ne comprenant pas où est le problème.

— Si tu le dis.

Je ne vois vraiment pas pourquoi l'ambiance est si tendue, tout à coup.

— Allô ? Mia ? répond Maddy.

— Coucou, mon bébé, je dis en me tournant vers la baie vitrée.

Les collines s'étendent au loin, parsemées de fleurs orange. Au loin, je distingue les contours d'un bâtiment rouge et, à ma droite, une grange, jaune comme la maison, avec un « C » au-dessus des portes en bois. Quelques chevaux broutent dans le pré, et je vois des taches marron un peu plus loin, mais je ne sais pas de quels animaux il s'agit. Il faudra que j'aille inspecter ça. Je ne suis jamais allée dans une ferme. Peut-être que Max pourrait m'apprendre à monter à cheval ?

— Tu es où maintenant, sœurette ? demande Maddy.

— À Dallas, au Texas, dans un véritable ranch.

— Sans rire ? C'est trop cool ! Il y a des animaux ?

Je hoche la tête, même si elle ne peut pas me voir.

— Oui. Et des chevaux. Je vais voir si Max peut m'emmener faire une balade.

— Waouh, tu as trop de chance. Matt et moi avons passé la journée à nous inscrire aux cours pour le semestre prochain.

Elle dit ça d'une voix légèrement triste, c'est si subtil que ça masque à peine la joie naturelle que Maddy dégage toujours.

Je me retourne en réalisant soudain que je ne suis pas seule. Cyndi et Aspen me regardent, mais surtout Cyndi, qui semble suspendue à tout ce que je dis, alors qu'Aspen se contente de me sourire en sirotant sa limonade. C'est Hank qui va être content si elle continue à boire à ce rythme.

Si Maddy s'inscrit pour les cours, cela signifie qu'elle ne fait pas grand-chose de ses journées. Par le passé, nous passions beaucoup de temps ensemble, entre deux semestres. Mais, maintenant, je n'ai plus ce luxe.

— Je suis désolée de ne pas pouvoir venir à Vegas, Maddy.

Je me laisse tomber sur un fauteuil et masse ma tempe pour me débarrasser du stress qui commence à s'accumuler quand je réalise combien ma sœur me manque.

Maddy renifle, je devine tout de suite qu'elle pleure.

— Ça va, j'ai Matt, maintenant… je suppose.

— Tu supposes ? Qu'est-ce qui a changé ? je demande, alors que mon instinct maternel chasse d'un coup tout l'alcool que j'ai ingurgité.

— Rien, tout va bien. Super-bien. Mais… il a commencé à dire qu'il voulait avancer la date du mariage.

Une énorme vague de peur, de tristesse et de colère s'abat sur moi comme un seau d'eau glacée.

— Maddy, tu ne peux pas l'épouser aussi vite…

Je déglutis, essayant de ravaler le nœud qui se forme dans ma gorge, de rester calme et de ne pas être étouffante. Elle renifle de nouveau, mais cette fois-ci, je sais qu'elle pleure à chaudes larmes. J'ai passé des années à essuyer ses larmes et à la réconforter, je sais quand elle est face à un problème qu'elle ne sait pas gérer. Dans ma tête, je rouspète une fois de plus contre notre père, car sans lui et ses conneries, je serais encore aux côtés de ma sœur, à l'aider à affronter ses ennuis.

— Je ne sais pas, Mia. J'ai envie d'être avec lui, mais ça va trop vite. On est tellement jeunes… On vient juste d'emménager ensemble.

Essayant d'être sa sœur plutôt qu'une mère poule, je pose la question à un million de dollars.

— Est-ce que tu es heureuse ?

— Mon Dieu, Mia, je suis tellement heureuse. Tout est parfait. J'adore habiter avec lui. On s'entend à merveille. Tout est naturel, tu vois ce que je veux dire ?

— Oui, je vois.

C'est justement ce que je ressens avec Wes, mais ce n'est pas le moment d'apprendre à Maddy mon changement de situation.

Cyndi approche et me regarde d'un air inquiet. Elle pose une main sur mon genou, que je recouvre avec la mienne. Sa solidarité est plus que bienvenue. Bon sang, j'espère que je peux convaincre Maddy d'attendre, de profiter d'être jeune et amoureuse et de ne pas se précipiter.

— Je sais que je veux l'épouser et que c'est l'homme de ma vie, mais ça va un peu trop vite pour moi.

Je hoche la tête et repousse une mèche de cheveux.

— Tu le lui as dit ?

Elle pousse un grognement et j'entends un bruit de tissu, comme si elle venait de se laisser tomber sur son lit.

— Ouais, mais il est devenu tout triste. Il pense que je ne l'aime pas vraiment parce que je n'ai pas voulu me marier en cachette avec lui. Il voulait qu'on aille dans une de ces chapelles du Las Vegas Boulevard. Il voulait qu'on le garde secret et qu'on fasse quand même un grand mariage quand on sera diplômés, comme prévu.

Non, non, non, non ! J'appuie si fort mes pouces sur mes tempes que je ne serais pas surprise d'y voir des marques. Je fais un effort surhumain pour respirer lentement et me calmer avant de parler.

— Et tu as dit quoi ?

Un long silence s'installe avant qu'elle me réponde.

— Je lui ai dit que je ne pourrais jamais me marier sans toi. Que tu aurais le cœur brisé et que je préférais marcher sur des charbons ardents plutôt que de te faire du mal. Je t'aime, Mia. Je ne pourrais jamais te faire ça. Je te l'ai promis.

Je soupire et j'empoigne mes cheveux par la racine pour que la douleur me réveille un peu.

— Je t'aime aussi, sœurette. Mais tu ne dois pas toujours t'inquiéter de ce que je vais en penser. Si c'est ce que tu veux faire, je te soutiendrai, même si je serai triste de ne pas être là.

Des sanglots jaillissent à l'autre bout du fil et me brisent le cœur. Je veux être là pour elle, la tenir dans mes bras, lui dire que tout ira bien et que je serai toujours là pour elle.

— Non, ce n'est pas ça. Je veux que tu sois là, point barre. Et si Matt ne le comprend pas, tant pis pour sa gueule.

— Tant pis pour sa gueule ? Maddy, je n'arrive pas à croire que tu aies dit ça !

Mon adorable petite sœur qui n'a jamais juré de sa vie !

— C'est sorti tout seul, dit-elle en riant.

— Écoute, ma chérie, ne t'en fais pas. Matt et toi allez régler tout ça. Si vous êtes faits pour durer, vous y parviendrez. Parfois, il faut accepter de ne pas être d'accord. Dis-lui ce que tu ressens. Explique-lui que tu veux attendre et que tu veux que vous restiez fiancés plus longtemps pour vous concentrer sur vos études. Le reste viendra en temps voulu. S'il t'aime, et je sais que c'est le cas, il comprendra. Cependant, ne le laisse pas te mettre la pression si tu ne te sens pas prête, d'accord ?

Elle soupire et j'entends une porte s'ouvrir à l'autre bout du fil. Elle retient son souffle et il y a un bruissement.

— Bébé, je suis désolé. Je suis désolé. Je n'aurais jamais dû te forcer à te marier maintenant. C'est juste que je t'aime trop. Pardonne-moi. Pardonne-moi. Ne me quitte pas, supplie Matt.

— Il faut que j'y aille, Mia, chuchote Maddy.

— Rassure ton homme, ma belle. Je t'aime, je réponds en essuyant une larme solitaire.

— Je t'aime encore plus, ajoute-t-elle avant de raccrocher.

Je pose mon téléphone et croise les bras, laissant les larmes couler librement. Soudain, de gros bras musclés me serrent fort et je me retrouve plaquée contre un torse dur comme fer.

— Elle me manque tellement…

Max me serre fort tandis que Cyndi caresse mon dos de haut en bas.

— Et si on la faisait venir ici ? dit Max avant de m'embrasser sur la tempe à la manière d'un vrai frère.

Or, il n'est pas mon frère, et cette pensée me fait pleurer de plus belle. Je renifle et respire son odeur de cuir.

— Tu ne peux pas faire ça. Je dois rester concentrée sur l'entreprise. Vous avez déjà été si gentils, je ne peux pas accepter.

Il secoue la tête et sa femme imite son geste.

— Mais non, on adorerait l'avoir avec nous si elle a le temps.

Techniquement, elle est entre deux semestres.

— Elle ne viendrait pas, de toute manière, je dis en pensant à Matt. Elle vit avec son fiancé et c'est tout nouveau, alors je doute qu'il la laissera aller chez un étranger au Texas.

Max fronce les sourcils et sa femme détourne le regard.

— Mais je ne suis pas un étranger. Et ils peuvent venir tous les deux, on a largement assez de place. Plus on est de fous, plus on rit, répond Max.

— Quoi ? je m'exclame en reculant. Non, tu ne peux pas faire ça. Tu ne les connais même pas. De toute façon, pourquoi tu voudrais inviter ma sœur et son fiancé ici ? Ça n'a pas de sens !

— Est-ce que ça te ferait plaisir ? Tu as dit qu'elle te manquait.

Je secoue la tête, espérant un moment de clarté, mais je reste tout aussi confuse.

— Ben, oui, mais je ne suis pas ici pour moi. Je suis ici pour toi, pour sauver tes actions.

Tout à coup, le Max adorable et terre à terre disparaît. Ses yeux se ferment légèrement et il se pince si fort les lèvres qu'elles deviennent blanches.

— Mes actions ne valent rien sans l'amour de ma famille. Nous allons faire venir ta sœur et son mec ici, point à la ligne. Cyndi, ma chérie, tu t'en occuperas ? ordonne-t-il.

— Bien sûr. Mia et moi nous en chargerons demain. Allez, va boire un scotch avec Hank pour te calmer. On va discuter toutes les deux, répond-elle comme si je n'étais pas dans la pièce.

Le stress de la journée, le bon temps que j'ai passé avec Max, la limonade à la vodka, ma conversation avec Maddy et maintenant ce délire m'ont épuisée. Je n'ai plus qu'une envie, aller me coucher et dormir au moins dix heures.

Je tourne les talons et sors de la véranda à grandes enjambées, sans un mot.

— Mia ? dit Cyndi en me rattrapant au pied des escaliers qui mènent à l'étage.

— Demain. Pour l'instant, j'ai besoin d'espace et de sommeil. Tu veux bien me l'accorder ou tu as besoin que ton mari te l'ordonne ? je rétorque.

Elle retient son souffle et elle paraît profondément blessée. Elle se lèche les lèvres, hoche la tête et repart en se dandinant.

Je gravis les escaliers le cœur lourd. Je m'excuserai demain. Cyndi ne mérite vraiment pas que je lui parle ainsi. C'est simplement que rien n'a de sens depuis que je suis arrivée à Dallas. Entre le besoin constant de Max de me désigner comme sa sœur, la manière dont il s'est décomposé plusieurs fois et les soucis de cœur de Maddy, je suis lessivée. À présent, mon client, celui qui m'a engagée pour faire un travail, veut faire venir ma sœur et son fiancé ici. Qui fait ce genre de chose ?

Cela dit, si j'y réfléchis sérieusement, la plupart des hommes qui m'ont embauchée auraient fait la même chose. Je n'aurais pas dû parler à Maddy devant Cyndi et Max. J'ai oublié ma place. C'est juste que plus rien ne compte quand je sens qu'elle ne va pas bien.

Le bonheur de Maddy a toujours été ma priorité. Maintenant, je suis entourée par plein de gens qui tiennent à moi et se soucient de mes besoins. Je m'habitue à peine à l'attention que m'accorde Weston, il va me falloir du temps pour m'accoutumer à l'affection de mes amis.

Mes amis. Voilà le cœur du problème. Max et Cyndi se comportent-ils comme des amis ? Est-ce que Ginelle agirait de la même manière ? Elle remuerait ciel et terre pour s'assurer que je suis heureuse. La situation est-elle la même ? Peut-être. Je ne sais pas. Je n'en sais rien. On ne se connaît pas depuis longtemps. Y a-t-il un délai à respecter avant que des nouveaux amis proposent de payer des billets d'avion hors de prix ?

Je me frotte les yeux et me laisse tomber sur le lit. Pourquoi se soucient-ils autant de quelqu'un qui ne fait pas partie de leur famille ? Je suis trop fatiguée pour y réfléchir davantage. Il faut que je dorme. Je m'occuperai de la générosité des Cunningham demain, et je m'excuserai auprès de Cyndi. Tout ira mieux et j'y verrai plus clair à la lumière d'un nouveau jour.

Chapitre 7

Apparemment, les Cunningham se fichent complètement de la vie privée des autres. Lorsque je me réveille et que j'allume mon téléphone, des messages de Wes et de Maddy m'attendent. Je les lis rapidement en me frottant les yeux, mais je m'assieds d'un bond en lisant celui de Maddy.

À : Mia Saunders
De : Maddy
OMG ! Matt et moi sommes trop contents de venir au Texas ! Yiiiihaaaa ! On arrive vendre-

di ! Ton amie Cyndi est trop sympa, au fait. Trop cool. On vient en jet privé !

À : Mia Saunders
De : Maddy
Tu as eu mon dernier message ?

À : Mia Saunders
De : Maddy
Un jet privé ! Aaaah ! Trop cool !

Bon sang, à l'évidence, la gentille petite Cyndi ne perd pas de temps. Elle a dû prendre le numéro de Maddy dans mon téléphone sans que je m'en rende compte. Je regarde autour de moi et découvre que ma tenue d'hier est joliment pliée sur la commode, et quand je baisse les yeux, je découvre que je porte un t-shirt d'homme. Un énorme t-shirt. Mon Dieu, elle m'a changée ! J'ai encore plus l'impression d'avoir été une garce, maintenant. Cela dit, elle m'a volé mon téléphone, donc elle n'est pas sans reproche. Toutefois, cette adorable femme est venue dans ma chambre, elle m'a trouvée endormie sur le lit, habillée et chaussée, et elle s'est occupée de moi. Elle m'a même donné un des t-shirts de son mari. Mince, j'espère que Max ne l'a pas aidée, ce serait affreusement gênant.

À : Mia Saunders

De : Wes Channing

Coucou, Chérie. Ta voix m'a manqué hier soir. Tout va bien ?

Je m'empresse d'appeler Wes. J'ai besoin d'entendre la voix de celui que j'aime de tout mon cœur. Je m'assieds en tailleur et j'attends qu'il réponde. Je suis sur le point de laisser un message quand sa voix essoufflée jaillit au bout du fil.

— Mia, ça va ?

Je ricane en me disant que je suis loin d'aller bien, mais que je ne suis pas en danger. Sauf en danger de devenir folle.

— Ouais, désolée de ne pas t'avoir appelé hier soir. Je crois que je me suis endormie avant que ma tête ne touche l'oreiller. La journée a été longue. Hyper-longue.

— Ah ouais ? Dis-moi tout. J'ai un peu de temps et tu m'as manqué.

L'entendre dire que je lui ai manqué fait palpiter mon cœur et pulser mon sexe. Plus que deux semaines et je pourrai y remédier. Pour l'instant, je me contente de lui raconter ma journée et tout ce que je ne lui ai pas dit ces derniers jours. Je lui avoue que Max s'est effondré au bureau, que Cyndi réagit de façon étrange avec moi, comme si elle me cachait quelque chose, et que la cousine Sofia n'était pas ravie que je débarque alors qu'elle était sur le point de récupérer quarante-neuf pour cent de Cunningham Oil & Gas. Je lui explique ensuite la situation avec Maddy et ce qui s'est passé hier, y compris la manière dont Cyndi s'est occupée de moi tout en fouillant dans mes affaires et en contactant Maddy sans mon autorisation.

Lorsque j'ai fini, j'attends plusieurs secondes, mais Wes ne dit rien.

— Bébé, tu es toujours là ?

— Ouais, je suis là. Mais je ne suis pas ravi de ce que tu me racontes. Je savais que quelque chose était louche quand tu m'as parlé de ce boulot, mais mon détective n'a trouvé que des bonnes choses à propos de ce type. C'est un père de famille exemplaire et un homme d'affaires solide. Apparemment, les Cunningham n'ébruitent pas cette histoire de sœur, parce que mon type n'a rien trouvé à ce sujet.

— Ah bon ? Je suppose que c'est normal tant qu'ils gèrent tout ça, je réponds en remettant une mèche derrière mon oreille. Wes, c'est dur d'être ici. Plus je passe du temps avec cette famille, plus je regrette de ne pas vraiment en faire partie.

— Chérie, je sais que ça te manque de ne pas avoir une famille, répond Wes. Mais ne t'attache pas trop, d'accord ? Et puis, tu m'as moi, et Maddy. On est ta famille. Tu auras toujours un point de chute chez moi et avec ma famille. Puis, un jour, on officialisera tout ça, déclare-t-il.

Il dit cela comme si c'était un fait, mais ses paroles me font l'effet d'un électrochoc et je me transforme instantanément en une boule de nerfs. *Waouh !* Il vient vraiment d'insinuer ce que je crois qu'il a insinué ?

— Wes… je gronde.

Je n'ai pas vraiment envie d'en parler, mais si je ne dis rien, je vais y penser sans cesse.

— Je sais. Je sais que tu n'es pas prête pour le mariage, répond-il en riant. Mais sache que je suis à fond dans cette relation. Ta place est avec moi et on forme déjà une famille. D'accord ?

Une famille. Je me sens toute chose en me répétant ce qu'il vient de dire.

— D'accord, Bébé. Ça roule. Comment se passe le tournage ?

— Bien. Même si je travaille sur une scène de romance pour laquelle j'aurais bien besoin d'aide, dit-il de sa voix grave qui m'excite. Tu connais des nanas brunes avec des jambes infinies, des seins si gros que je bave rien que d'y penser et un cul qui mérite sa propre scène ?

J'éclate de rire et j'enroule une mèche autour de mon index.

— Hmmm, j'ai quelqu'un en tête, oui, je susurre d'une voix sensuelle.

— Putain, Chérie, grogne-t-il, je suis déjà dur.

— Mmm, alors sors-la.

J'entends le bruit de sa braguette puis le bruissement de ses vêtements.

— Ok, siffle-t-il d'un ton désespéré qui me ravit.

Je m'adosse à la tête de lit et je m'assure qu'il entend chacune de mes respirations.

— Prends la base de ton sexe et imagine que c'est ma main. Serre-le juste assez fort, mais pas trop quand même. Maintenant, je dis quand il pousse un grognement, lèche ton pouce, et fais le tour de ton gland, comme si c'était ma bouche et ma langue. Imagine que je lape ce petit carré de peau qui te rend dingue.

— Putain, mais tu me rends déjà dingue. J'ai trop envie de toi, ma belle.

— Je te lèche de bas en haut, lentement mais fermement. Maintenant avec mon autre main, je prends tes couilles et je les fais rouler dans ma paume avant de t'avaler profondément dans ma gorge. Tu es si profond que j'arrive à peine à respirer. Je suffoque sur ton sexe jusqu'à ce que tu aies pitié et que tu te retires. Ton goût est délicieux. Un goût d'océan et d'homme. Mon homme. Oh Bébé, je mouille tellement pour toi.

Je retiens mon souffle et Wes pantelle dans le téléphone. Je plonge une main entre mes cuisses et sous la dentelle de mon tanga Aubade.

— Je suis trempée pour toi, Wes.

— Tu touches ton joli minou ?

— Hmm, ouais, je t'imagine te branler et ça m'excite trop, Bébé.

J'appuie sur mon clitoris et dessine des cercles rapides avec mon doigt. Bientôt, j'avance et recule mon bassin, cherchant ce corps qui est à des milliers de kilomètres.

— Tu es bientôt prêt ?

— Oh oui. Tu baises ta petite chatte avec tes doigts ? Fermement, comme je le ferais ?

J'imagine ses doigts puissants disparaître en moi et je mouille de plus belle.

— Ouais, je gémis.

Je retiens mon souffle en plongeant deux doigts dans ma chatte mouillée. Je laisse la base de ma main frotter mon clitoris au passage, déclenchant des décharges électriques qui se précipitent dans mes veines.

— Je vais jouir…

— Moi aussi. Je me branle tellement fort en pensant à comment je vais te prendre contre la porte d'entrée dans deux semaines. Je vais déchirer ta culotte et plonger en toi. Je vais te baiser si fort que tu ne voudras plus jamais me quitter.

— Wes, Wes, Wes… je gémis en soulevant mon bassin tandis que je me doigte, imaginant ce qu'il me décrit.

Mon mec adore baiser contre les murs et les portes. J'appuie plus fort sur mon clitoris et mon orgasme explose en moi. Tout mon corps se contracte et mon sexe se referme sur mes doigts encore enfouis.

— Mon Dieu, oui ! Je t'aime, je chuchote.

— Putain, Bébé. C'est tellement bon. Tu es trop sexy. Putain, tu es à moi. Toute à moi.

Je l'écoute s'exciter à l'idée de me baiser, tout en titillant lentement mon clitoris, laissant les décharges de plaisir se dissiper peu à peu.

— Chérie… j'adore ta voix. C'est comme du sexe liquide au téléphone.

Je glousse et tiens fort mon téléphone sur mon oreille.

— J'ai aimé t'entendre jouir pour moi. Merci.

— Mmm, tout le plaisir est pour moi, Mia. Je vais être occupé ce soir, mais appelle-moi quand même. Laisse-moi un message avant de te coucher pour me dire que tu vas bien. Et n'oublie pas que je t'aime.

Je souris jusqu'aux oreilles. Cette intimité au téléphone avec Wes me donne un nouveau souffle pour affronter les Cunningham trop bien intentionnés.

— Je t'aime aussi. Passe une bonne soirée.

— Toi aussi, Chérie. Appelle-moi si tu as besoin.

J'ai envie de lui dire que j'aurai toujours besoin de lui, mais c'est trop mielleux, même pour moi. Au lieu de cela, j'attends qu'il raccroche en serrant mon téléphone, comme si c'était la main de l'homme que j'aime.

*

Plus tard dans la nuit, un rêve que j'ai déjà fait plusieurs fois refait surface. J'ai environ quatre ans et je joue dans une aire de jeux d'un des casinos de Las Vegas. Un jeune garçon avec une touffe de cheveux blonds me tient par la main.

— Papa dit que je dois te surveiller, parce qu'il a un rendez-vous super-important avec ta maman.

Le garçon est plus âgé que moi, il a peut-être deux fois mon âge. Il a des cheveux marrants et des grandes dents avec un trou entre celles de devant.

— Tu as quel âge ?

— Quatre ans et demi, je réponds d'une voix très sérieuse.

Il grimpe sur un muret en pierre, puis il plie un genou et me tend la main pour m'aider à monter. Je pose un pied en haut du mur et réalise que je tiens plutôt bien.

— Moi, j'ai déjà dix ans. J'ai un âge à deux chiffres, répond-il fièrement, comme si le fait de vieillir méritait des louanges.

Au lieu de prendre sa main, je grimpe seule en haut du mur, masquant ma joie d'avoir réussi, faisant mine que c'était simple.

— Mon père dit que l'âge n'est qu'un chiffre et que les nombres qui comptent sont juste ceux en rouge et noir sur les roues du casino de maman.

— La roulette ? demande-t-il en haussant les sourcils.

Je penche la tête sur le côté, incertaine. Tout ce que je sais, c'est que papa aime ça. D'ailleurs, c'est là qu'il est maintenant, en train de jouer à ce jeu. Maman fait son spectacle pour cet homme, et je sais que c'est important parce qu'elle a mis sa robe toute brillante et ses plumes dans ses cheveux. Parfois, elle me laisse jouer avec, mais je n'ai jamais le droit de jouer avec ses jolies robes. Elle dit qu'elles coûtent trop cher et qu'elle a peur que je les abîme.

— Mon papa aime bien ta maman, dit le garçon en se balançant d'un barreau de la cage à écureuil à un autre.

De mon côté, je n'arrive pas à atteindre les barreaux, même sur la pointe des pieds.

— Tout le monde aime ma maman. C'est une actrice. Si les gens l'aiment pas, alors c'est qu'elle fait mal son travail, je déclare d'une voix assurée, répétant ce que maman m'a dit.

Le garçon hoche la tête et ses cheveux tombent dans ses yeux. Il les repousse d'une main, alors je vois ses yeux d'un vert intense qui me dévisagent. Les gens me disent tout le temps que j'ai les yeux d'un chat, mais je trouve que ceux du garçon sont encore plus beaux. Un peu comme ceux de maman.

— En tout cas, mon papa dit qu'il veut épouser ta maman et former une famille. Donc, tu serais ma sœur.

Je fronce les sourcils.

— Il ne peut pas épouser ma maman parce qu'elle a déjà mon papa. Elle a une bague, et tout.

— Ah bon ? Je ne crois pas que mon père le sache, dit le garçon avec un air triste. J'ai trop envie d'avoir une maman, et la tienne est jolie et gentille.

Je secoue la tête.

— Elle est pas vraiment gentille. Elle est juste douée pour faire semblant.

— Elle est méchante avec toi ?

Je vais à la balançoire et m'assieds dessus.

— Non, mais elle ne m'aime pas autant que les mamans de mes amies.

Il se place derrière moi et tire la balançoire avant de me pousser pour m'aider à démarrer. J'y arriverai toute seule, maintenant. Il s'assied sur la balançoire à côté de la mienne, mais il ne la bouge pas.

— Alors, je ne veux pas qu'elle soit ma maman.

— Ouais. Peut-être que ton père pourrait en trouver une plus gentille ?

— C'est une bonne idée. Je crois que je vais l'aider à en trouver une super-douce et super-jolie. Tu pourrais peut-être m'aider ?

Je souris jusqu'aux oreilles et je traîne mon pied par terre pour m'arrêter.

— Ça pourrait être rigolo.

Le garçon et moi passons l'heure qui suit à déambuler dans le casino, main dans la main, pointant du doigt des femmes qui pourraient être sa maman. Hélas, nous n'avons pas encore trouvé la bonne quand son papa et ma maman nous retrouvent. Elle est en pleurs et quand elle s'agenouille devant moi, elle me secoue et me gronde parce qu'on est partis de l'aire de jeux. L'homme à côté se baisse pour regarder le garçon dans les yeux et il pose ses mains sur ses épaules avant de le gronder, mais le garçon ne pleure pas. Il s'excuse, et son papa lui dit combien il a eu peur et il le prend dans ses bras. Ma maman ne me fait pas de câlin et le garçon me regarde d'un air triste en articulant « désolé ». Je regarde l'homme prendre maman par la main pour l'attirer à lui et l'embrasser.

Il continue de l'embrasser jusqu'à ce qu'elle le repousse et lui dise d'arrêter. Il lui demande de venir avec lui, de m'emmener et de s'enfuir. D'abandonner cette vie et de partir avec lui. C'est alors que mon père arrive en montrant à maman un pot plein de jetons. Il me soulève, me fait tourner dans les airs et me serre fort contre lui, comme toujours. Les câlins de mon papa sont les meilleurs. Ensuite, il attire maman contre lui et lui dit qu'on va manger au restaurant ce soir. Elle sourit et tourne le dos au garçon et à son papa, comme si elle ne les connaissait pas.

Je regarde les épaules du monsieur s'affaisser et ses yeux se remplir de larmes. Il pose sa main sur l'épaule du garçon, qui me fait au revoir de la main.

Je me réveille en sursaut alors que le rêve est si frais que j'entends encore les tintements et le brouhaha du casino. Je vois encore les machines à sous et les lumières vives qui clignotent. Je ferme les yeux et je me rallonge, retournant mon oreiller du côté frais. D'habitude, j'arrive à contrôler mes rêves afin de les poursuivre ou bien je pense à quelque chose et j'en rêve. Cette fois-ci, quand je ferme les yeux, je plonge tête en avant dans un autre souvenir.

Maman et papa se disputent encore. Maddy est avec Tante Millie à la maison. C'est son quatrième anniversaire et on est partis chercher ses cadeaux. Papa a voulu passer voir maman au travail pour s'assurer qu'elle serait rentrée à temps pour la fête. Maman trouve injuste de devoir partir plus tôt pour les quatre ans d'une gamine. Elle dit que Maddy ne s'en souviendra pas, de toute façon, alors à quoi bon ?

C'est alors qu'un homme les bouscule sur le trottoir. Il est avec un adolescent qui retient maman par la taille pour l'empêcher de tomber. Elle se retourne, prête à lui crier dessus alors qu'il a voulu l'aider. Je reconnais tout de suite le garçon de l'aire de jeux. Le père, lui, n'a pas changé. Il a le même chapeau de cow-boy que ce jour-là, il y a quelques années. Quand maman voit son visage, elle pâlit brusquement, comme si elle avait vu un fantôme, et elle recule jusqu'à papa, qui la rattrape.

— Meryl ? dit l'homme à maman. Mon Dieu, ça fait des années. Voici, voici…

— Maxwell, dit maman d'une voix rauque, ses mains tremblent comme des feuilles.

Max. C'est ça. Il s'appelle Max. J'avais oublié. L'adolescent baisse le rebord de son Stetson pour la saluer avant de plonger ses mains dans les poches de son jean.

Je vois ses cheveux blonds qui dépassent de son chapeau quand il lève les yeux vers moi. Ses grands yeux vert pâle brillent de gentillesse.

— Bonjour, mademoiselle, dit-il.

Je souris en me demandant s'il se souvient de moi, lui aussi, mais je suppose que non.

— Qui est-ce ? demande papa.

— Euh, c'est un vieil ami. Jackson Cunningham et son fils… Maxwell.

C'est comme si sa voix se brisait de devoir dire le prénom de ce garçon. Papa tend la main et se présente, et Jackson la serre sans jamais quitter maman des yeux. Quant à elle, ses yeux sont rivés sur Maxwell. Ils semblent renfermer un secret si grave que je devine qu'il nous détruirait tous s'il était révélé.

Nous restons tous les cinq sur le trottoir, gênés. Jackson dévisage ma mère qui a l'air de vouloir disparaître sous terre. Papa finit par mettre fin à la situation en prenant ma main et en annonçant que nous sommes en retard pour un événement important.

— Euh, oui, il faut qu'on parte. C'était un plaisir de te revoir, Jackson. J'espère que toi et Max, euh, ton fils, vous portez bien.

— Attends, Meryl, échangeons nos numéros !

Jackson tend la main, mais maman secoue la tête, évitant son bras, trottant après papa et moi.

— *Ne refais pas ça, Meryl, pas cette fois… supplie-t-il.*

— *C'est pour le mieux. C'est mieux pour toi.*

Mon réveil sonne, mais je n'entends que la dernière phrase de ma mère, passant en boucle dans les méandres de mon inconscient. Toutefois, ce n'est pas la dernière fois que j'ai entendu ces paroles. C'était un des pires jours de ma vie.

— *C'est pour le mieux. C'est mieux pour toi.*

Je ferme fort les yeux, essayant de repousser le souvenir.

— *C'est pour le mieux. C'est mieux pour toi.*

Sa voix est douce, presque comme une chanson.

— *C'est pour le mieux. C'est mieux pour toi.*

Son parfum embaume encore ma chambre longtemps après qu'elle est partie.

— *Mia, ma chérie…*

Je me souviens vaguement qu'elle tapote mon front pendant que je m'accroche à mes rêves. Je n'ai que dix ans et ma couette de princesse est trop chaude, mais je refuse de la quitter. Elle m'embrasse sur la tête et chuchote ces mêmes paroles.

— *C'est pour le mieux. C'est mieux pour toi.*

C'est le jour où ma mère est partie, pour ne jamais revenir. J'ai bloqué ce souvenir pendant longtemps, persuadée que j'ai dû l'imaginer, comme j'ai refoulé mes souvenirs du garçon et de son père. Ce n'étaient pas des rêves. Ce sont des souvenirs, et ils rendent quelque chose très clair.

Maxwell Cunningham et son père connaissaient ma mère.

Chapitre 8

— Max, il faut qu'on parle, je déclare en entrant dans la cuisine.

Cyndi est en train de remplir des assiettes de pancakes, de bacon et d'œufs brouillés, et mon estomac gargouille bruyamment à la vue de toute cette nourriture. Elle désigne une chaise vide et je m'y laisse tomber, accablée par le poids de mes problèmes.

— Tiens, mange. Il faut qu'on t'explique une ou deux choses, en effet, grogne Max.

Je n'ai pas le temps de répondre, Cyndi me coupe la parole.

— Je sais que tu dois être en colère contre moi, dit-elle en me servant une tasse de café.

Elle y ajoute deux cuillerées de sucre et un nuage de lait et je trouve adorable qu'elle se soit souvenue de mes goûts. Elle fait attention au moindre détail, ce qui aide à mettre les gens à l'aise.

— Tout d'abord, sache que je suis désolée, annonce-t-elle.

— Non, tu ne l'es pas, je rétorque en observant sa réaction.

Elle lève les yeux au ciel, puis elle s'arrête et pose une main sur son ventre rond tandis que l'autre, munie d'une spatule, reste suspendue en l'air.

— Tu as raison. Je ne suis pas désolée. Tu as besoin de voir ta sœur et nous avons besoin de la rencontrer.

Ils ont *besoin* de la rencontrer.

— Pourquoi ? Ce qui se passe entre ma sœur et moi n'a rien à voir avec ton mari et son entreprise.

Je regarde Max qui baisse la tête, occupé à éviter la conversation et à jouer avec sa nourriture sans la manger. Le fait qu'il ne touche pas à son assiette est encore un signe que quelque chose ne va pas. Ce type a un appétit d'ogre.

— On tient beaucoup à toi, Mia, soupire Max. Tu ne pourrais pas simplement l'accepter et lâcher l'affaire ?

Je secoue la tête en m'emparant d'une tranche de bacon. Sa texture craquante, salée et huileuse envoûte mes papilles et me remonte instantanément le moral. Le bacon doit être une des plus belles créations de Dieu. Je mâche en silence pendant un moment, réfléchissant à la meilleure manière d'aborder la question. Certes, Max et Cyndi se montrent extrêmement gentils. Cependant, ils ont agi sans me consulter. C'est ma vie et ma famille, pas la leur. Il faut qu'ils comprennent la gravité de ce qu'ils ont fait.

— Écoutez, Max, Cyndi…

La jeune femme pose sa spatule, éteint la gazinière et rejoint son mari qui passe son bras autour de sa taille. Ils présentent un front uni, ce qui me dérange légèrement sans que je sache pourquoi. Toutefois, j'ai quelque chose à dire et je ne me laisserai pas distraire.

— Vous ne pouvez pas vous mêler de ma vie. Je suis ici pour faire un travail. Et tu as payé une belle somme pour que je le fasse. Ce n'est pas parce que nous sommes devenus amis que cela vous autorise à vous mêler de mes problèmes. Max, tu es mon client. Je suis une employée, pas un membre de ta famille. Le fait que tu fasses venir Maddy et son fiancé ici est tellement hors limites que…

Je secoue la tête, ne sachant comment finir ma phrase sans leur manquer de respect.

— Vous avez franchi la limite, je dis d'une voix tremblante de colère.

Max inspire lentement et hoche la tête.

— Je parle au nom de ma femme et de moi-même lorsque je dis que nous regrettons d'avoir envahi ta vie privée ainsi, mais on veut que tu saches que nos intentions étaient bonnes.

— Ouais, l'enfer est pavé de bonnes intentions, je réponds froidement.

Je ramène un pied sur la chaise et mon genou sous mon menton.

— Je crois que tu oublies que je fais semblant d'être ta sœur pour t'aider à calmer tes investisseurs, le temps que tu trouves la vraie. J'ai beau regretter que ce ne soit pas le cas… je ne suis pas ta sœur. Tu n'as pas le droit de te comporter comme mon grand frère.

Les choses ne peuvent pas être plus claires, à présent. La mâchoire de Max se contracte et il ferme les yeux. Cyndi se penche, l'embrasse sur la tempe et lui chuchote quelque chose à l'oreille. Je crois l'entendre dire « dis-lui », mais je n'en suis pas sûre.

Plusieurs minutes d'un silence pesant passent avant que Max ne rouvre les yeux.

— D'accord, Mia. C'est compris. Comme tu voudras.

— Max, Chéri…

Il lève la main pour couper la parole à sa femme et il secoue la tête en plongeant son regard dans le mien.

— On peut oublier cette histoire ? demande-t-il d'une voix ferme.

Je hoche la tête et joue avec ma serviette, soudain gênée, comme si j'étais en tort. La conversation prend fin de manière si abrupte que je n'ai même pas le temps de leur parler de mes rêves, ou plutôt de mes souvenirs.

Max se lève brusquement en faisant grincer sa chaise sur le carrelage.

— Mieux vaut aller se préparer. Aujourd'hui est une journée à cravate.

— Cravate ?

— On rencontre les investisseurs. Il est temps de mettre ton masque de sœurette, siffle-t-il d'un ton blessant.

Je pensais avoir érigé de bonnes barrières, ce matin, après avoir découvert qu'ils m'ont trompée, mais apparemment elles ne sont pas assez solides. Or, mes inquiétudes sont fondées, c'est lui qui a dépassé les bornes, pas moi. Alors, pourquoi j'ai l'impression d'être une moins que rien ?

— Quand partons-nous ? je demande en mâchant une bouchée d'œufs.

— Dans quarante-cinq minutes. Cyndi, Chérie, je serai sur la terrasse. J'ai besoin de prendre l'air, marmonne-t-il avant de tourner les talons.

Je finis mon petit déjeuner en me demandant comment je vais faire pour que Max retrouve son humeur joviale habituelle. Toutefois, je ne trouve pas d'idée. Bien évidemment, c'est maintenant que la tension entre nous est à son comble que nous devons rencontrer le comité d'investisseurs et nous présenter comme frère et sœur, et être suffisamment convaincants pour qu'ils nous croient.

*

Le trajet jusqu'à Cunningham Oil & Gas est suffocant. Max met de la musique et ne dit pas un mot. De temps en temps, je le sens se détendre ou s'énerver de nouveau, j'ai l'impression qu'il est sur le point de dire quelque chose, mais il reste concentré sur la route et rien n'est dit. Cependant, lorsque nous arrivons au siège, il ouvre quand même ma portière pour m'aider à descendre, c'est toujours un parfait gentleman.

Le tailleur que j'ai revêtu me va comme un gant. Je me sens forte, puissante et prête à affronter des requins. La jupe crayon gris foncé m'arrive juste sous le genou et elle est fendue à l'arrière sans que ce soit indécent. Rien de trop provocateur. Je l'ai assortie à un chemisier vert menthe qui met mes yeux en lumière. La veste est courte et mes cheveux lâchés ressortent superbement sur le gris. Je ne sais qui a choisi ces vêtements, mais la personne savait ce qu'elle faisait.

Nous entrons dans le bâtiment et je remarque qu'aucune femme ne se prive pour mater Max. Cela dit, il est vraiment canon dans son costume noir et sa chemise blanche. Au lieu d'une cravate classique, il porte un polo de cuir noir avec une étoile argentée qui ressemble au logo de l'entreprise. Il parfait son look avec un Stetson aussi noir que son costard.

Je souris, lui prends la main et je l'entends retenir son souffle. Une décharge électrique picote la paume de ma main.

— Tu sens ça ? je demande, désespérée de savoir s'il sent ce lien entre nous.

Ce n'est pas sexuel, comme les fourmillements que j'ai pu avoir avec les hommes avec qui j'ai été intime. J'ai plutôt l'impression qu'il m'est naturel de tenir la main de Max. Comme si l'univers nous avait rassemblés et que nous étions censés être là, unis.

— Sucre d'orge, j'ai toujours senti ce lien. Depuis la première fois que je t'ai rencontrée, quand on était petits.

Je ravale le sanglot qui menace de m'échapper.

— Tu savais ?

— Je me suis souvenu de toi dès l'instant que tu es descendue de cet avion. Mais c'est plus que ça, c'est comme si un aimant m'attirait à toi. Comme si un morceau de moi m'avait toujours manqué. Un morceau que je n'ai jamais pu voir ni toucher mais que j'ai senti toute ma vie.

Je secoue la tête et serre plus fort sa main.

— Je ne comprends pas. C'est comme si je te connaissais, or ce n'est pas le cas.

Max passe son bras sur mes épaules et m'attire contre lui. Un sentiment de paix et de sérénité remplit immédiatement mon cœur et tout mon être.

— Ça va aller. On va essayer de comprendre tout ça. D'abord, il faut qu'on affronte les investisseurs et qu'on tienne jusqu'à ce soir. C'est parti, ma belle.

Il me pousse vers l'ascenseur, mais je ne sais plus où donner de la tête. Je ferme les yeux un instant et je revois ce petit garçon dont j'ai rêvé toutes ces années, celui avec les mêmes yeux que les miens. Je m'empresse de l'oublier et je relève la tête en contractant ma mâchoire. Je me tiens plus droite et me prépare pour la bataille. Peu importe ce qui se passe entre Max et moi et le passé qui semble nous unir, il faut penser au présent. L'avenir de son entreprise, celle que sa famille détient depuis des générations dépend du fait que nous convainquions les investisseurs que je suis sa sœur.

Je serre fort sa main tandis qu'il ouvre la porte vitrée de l'énorme salle de réunion avec vue sur le campus et le parc verdoyant.

— C'est parti, je chuchote en retour, lui arrachant un sourire.

Max me guide vers une des deux chaises vides au milieu de la pièce. Toutes les autres, environ une trentaine, sont occupées par des hommes et des femmes en costume. Trois sièges après le mien, j'aperçois Sofia Cunningham qui ne fait rien pour masquer son dédain pour moi. Cependant, je lisse ma jupe et me tiens droite, déterminée à ne pas me laisser intimider. Quant à Max, il reste debout derrière sa chaise et appuie ses mains sur le dossier.

— Mesdames et Messieurs, je vous ai convoqués aujourd'hui pour vous faire part d'une nouvelle merveilleuse. Vous n'aurez pas oublié qu'il y a quelques mois, le testament de mon père, Jackson Cunningham, nous prenait tous par surprise. Nous avons découvert lors de son décès que quarante-neuf pour cent de Cunningham Oil & Gas étaient légués à ma demi-sœur biologique, une femme de cinq ans ma benjamine dont je ne connaissais pas l'existence.

Des murmures éclatent dans la pièce.

— Silence, s'il vous plaît. Le testament nous informait du nom et de la date de naissance de cette femme. Elle s'appelle Mia Saunders et elle est née un quatorze juillet, cinq ans après mois. La personne à mes côtés est justement cette femme. Chers collaborateurs, j'ai l'immense fierté de vous présenter ma sœur, une femme que je n'ai rencontrée que récemment mais avec qui je sens déjà un lien fort, Mademoiselle Mia Saunders. Lève-toi, sœurette.

Je me lève sous les regards de toute la salle alors que des chuchotements éclatent de nouveau.

— *Ils ne se ressemblent pas du tout.*

— *Ils ont les mêmes yeux.*

— *Elle est magnifique.*

— *La ressemblance est frappante.*

— *Elle ne peut pas être sa sœur, regarde-la.*

— *Ses cheveux sont noirs. Il est blond. Ils ne peuvent pas être frère et sœur.*

— Silence ! rugit Max.

Les visages autour de la table ont l'air vexés, une main se lève.

— Sofia ? Tu as quelque chose à dire ?

La jeune femme pose délicatement ses mains devant elle sur la table en acajou, incarnant l'employée modèle.

— En tant que membre de cette famille et investisseur, je dois te dire que tu ne peux pas t'attendre à ce nous te croyions sur parole. Des millions de dollars sont en jeu et des générations entières de Cunningham ont bâti cette entreprise. Quelle preuve as-tu que cette femme et toi êtes liés par le sang ?

Je dévisage Max et je le vois serrer les poings, plongeant ses ongles dans le dossier du fauteuil en cuir, y laissant des marques en forme de croissant de lune.

— Ne crois-tu pas que ma parole ainsi que mon honneur de PDG de cette boîte et de chef de famille suffisent ?

Le regard de la jeune femme est noir de colère et son sourire diabolique prouve que j'avais raison, elle ne baissera pas les bras tant qu'elle n'aura pas une preuve solide et tangible sous les yeux. Cette femme veut sa part du gâteau. Une vague de peur parcourt mes veines et je triture mes doigts en me demandant comment Max va se débarrasser d'elle.

Il penche la tête et dévisage sa cousine.

— Si tu as besoin d'une preuve, je suis ravi de te la fournir.

Il fait un signe de main et Diane, son adorable assistante, entre dans la salle avec une télécommande. Elle est suivie par une femme à la peau noire vêtue d'un tailleur si blanc que le contraste est frappant. Ses cheveux sont tressés finement et rassemblés sur sa nuque avant de dévaler jusqu'à ses fesses. Elle est magnifique.

— Merci, Diane, lui dit-il en souriant.

Elle sourit à son tour et va s'asseoir dans un coin de la salle, sur une des deux chaises vides. La femme mystère la suit et s'assied à ses côtés en posant un attaché-case à ses pieds. La semelle rouge écarlate de ses Louboutin brille lorsqu'elle croise les jambes. Bon sang, cette femme aurait bien une ou deux choses à m'apprendre en matière de choix vestimentaires.

Max appuie sur les boutons de la télécommande et une télévision LCD descend le long du mur du fond. Il clique de nouveau et une copie de mon permis de conduire apparaît à l'écran.

— Vous vouliez des preuves. Voici la première. Le permis de conduire de Mia Saunders prouve que son nom et sa date de naissance sont identiques à ceux du testament.

Je ne comprends pas, je croyais que Millie et Max avaient dit que l'écriture ne pouvait confirmer l'orthographe. Il faudra que je vérifie ça plus tard.

— Est-ce que cela vous suffit ou il vous en faut plus ? demande-t-il en regardant Sofia.

— N'importe qui peut obtenir un faux permis de conduire, rétorque-t-elle en feignant de ne pas être prise de court.

— Très bien, dans ce cas voici la seconde preuve. Voici la carte de sécurité sociale de Mia avec les mêmes informations. Je poursuis ?

— Je t'en prie, répond Sofia. Tu t'en sors pas mal, mais je n'ai rien vu qui ne pourrait pas être réfuté devant un juge.

La preuve suivante me coupe le souffle. Les larmes me montent aux yeux et menacent de couler. Je tapote le coin de mes paupières en scrutant l'écran, perdue dans un océan de souvenirs.

— Voilà une photo de mon père, de ma mère et de moi, à côté d'une photo de Mia. Vous ne pouvez pas nier que la ressemblance est frappante, dit-il d'une voix rauque.

Comment est-ce possible ? C'est bien une photo de ma mère plus jeune. Je la reconnaîtrais n'importe où. Elle tient un petit garçon d'environ un an avec des boucles blondes qui forment un halo autour de sa tête. Je secoue la tête et mes larmes se mettent à couler sur mes joues.

Un brouhaha retentit autour de nous, mais cela n'empêche pas Sofia de poursuivre sa bataille. Je dois reconnaître qu'elle est tenace.

— Beaucoup de gens se ressemblent, Max.

— C'est vrai, mais ce n'est pas fini, concède-t-il en se tournant vers la femme mystère.

— Mesdames et Messieurs les membres du conseil d'administration, je m'appelle Ree Cee Zayas et je suis l'avocate de feu M. Jackson Cunningham et de M. Maxwell Cunningham, qui m'a engagée pour prouver la légitimité de Mia Saunders et de son affiliation à la famille.

Elle parle d'une voix calme et sûre d'elle. Elle me plaît tout de suite, même si j'angoisse d'entendre ce qu'elle a à dire.

— Si vous voulez bien vous tourner de nouveau vers l'écran, vous verrez une copie du certificat de naissance de Maxwell Cunningham à côté de celui de Mia Saunders. Comme vous pouvez le voir, la femme listée comme étant leur mère, une certaine Meryl Colgrove, ainsi que son numéro de sécurité sociale, sont identiques. Ce document serait irréfutable devant un juge. Cela prouve que Maxwell Cunningham et Mia Saunders ont la même mère biologique.

La pièce est soudain plongée dans le silence. Il n'y a pas le moindre bruit. Une marée d'émotions différentes s'abat sur moi et je ne peux plus respirer. Je regarde l'écran en tremblant et en pleurant à chaudes larmes. Je ravale un sanglot, mais Max l'entend et il s'agenouille à mes côtés, serrant mes mains dans les siennes. Il les serre si fort que j'en ai mal, mais je m'en fiche.

Il porte nos mains à sa bouche et les embrasse plusieurs fois.

— J'aurais dû te dire la vérité, chuchote-t-il. Par… pardonne… moi, sanglote-t-il.

Je suis incapable de répondre.

Les preuves semblent ne pas s'arrêter là, car Mme Zayas reprend la parole.

— Étant donné la gravité de ce droit de naissance et la valeur monétaire qui est en jeu, j'ai pensé qu'il serait prudent de faire un test ADN. Un échantillon de cheveux a été prélevé de la brosse de Mlle Saunders et les résultats ont été comparés à ceux de M. Cunningham. Vous verrez à l'écran qu'ils sont on ne peut plus parlants : Maxwell Cunningham et Mia Saunders ont des marqueurs génétiques maternels identiques, prouvant qu'ils sont bien demi-frère et sœur.

C'est la preuve de trop, pour moi et le reste des personnes présentes dans la pièce. Je ne m'entends plus réfléchir par-dessus le brouhaha de conversations qui éclatent autour de la table. Je reste assise sans bouger, essayant de rassembler ces informations afin qu'elles soient compréhensibles. Sans succès. Je n'ai pas d'explication évidente qui m'aiderait à comprendre comment les petits carrés alignés sur l'écran viennent de changer ma vie à jamais. Je ne suis plus Mia Saunders qui a élevé sa petite sœur seule, dont la mère est partie quand elle avait dix ans et dont le père est un ivrogne bon à rien. Je ne suis plus cette femme raide dingue d'un homme beaucoup trop bien pour elle. Je comprends tout à coup que je suis plus que ça.

Moi, Mia Saunders, je suis la sœur biologique de Maxwell Cunningham, un homme à la tête d'un empire et d'une famille dont je ne connais rien. Les documents ne mentent pas. Max est mon demi-frère.

— Mia, Mia, sucre d'orge, dis quelque chose. N'importe quoi, supplie Max, à genoux devant moi.

Je lève les yeux pour les plonger dans ces iris identiques aux miens. Ceux que ma mère nous a donnés, à Maddy et moi, et aussi à lui.

— Tu es mon frère, je chuchote.

— Oui, répond-il en étudiant mon visage, comme s'il cherchait à lire dans mes pensées.

— Mon véritable frère.

— Oui. Et toi, tu es ma petite sœur.

Il déglutit et se lèche les lèvres. Soudain, les ridules au coin de ses yeux semblent plus prononcées, comme creusées par le poids de ce secret.

— Mon Dieu. Je ne sais pas… Maddy ! je m'exclame en retenant mon souffle.

Les larmes continuent de couler sur mes joues et il prend mon visage dans ses mains.

— Oui. Maintenant, tu comprends pourquoi il est si important qu'elle vienne. Elle doit savoir la vérité.

Je ferme les yeux et pense à la manière dont cette nouvelle risque d'affecter ma petite sœur. Je recule soudain ma chaise et Max doit poser les mains par terre pour ne pas tomber. Je me lève et balaie la pièce du regard à la recherche de l'issue la plus proche.

J'ai désespérément besoin de m'enfuir, et un picotement douloureux parcourt mes nerfs quand je réalise la sévérité de la situation. Max m'a fait venir parce qu'il savait pendant tout ce temps que j'étais sa sœur. Or, il a attendu d'être devant une salle pleine d'inconnus pour me le dire.

J'ai rêvé d'être la véritable sœur de Max. J'y ai pensé de nombreuses fois depuis mon arrivée, et maintenant ce serait vrai ? Mes pensées sont si chamboulées que j'ai envie de crier. Je sors de la pièce en courant et je n'ai qu'une chose en tête. *Méfie-toi de ce que tu désires. Tes rêves pourraient devenir réalité et toute ta vie serait sens dessus dessous.*

Chapitre 9

Je pose mes mains sur le capot froid du pick-up pour retrouver mon souffle. *Respire. Lentement. Inspire… Expire… Inspire… Expire. Encore.* Je suis occupée à me répéter ce mantra quand j'entends un bruit de pas sur le gravier derrière moi et que des bottes de cowboy apparaissent près de mes pieds. Max ne parle pas tout de suite, ce que j'apprécie. Mon cœur finit par reprendre un rythme normal, je me redresse pour lui faire face et m'adosser au capot.

Il est devant moi, le dos courbé, les sourcils froncés. Son regard, jumeau du mien, est inquiet et plein de doutes.

— Mia, je…

Je lève la main pour faire taire ses excuses.

— Tu savais, et tu ne m'as rien dit.

Il gonfle ses poumons et joint les mains pour faire craquer ses phalanges.

— Je n'ai aucune excuse. Je voulais simplement apprendre à te connaître, passer du temps avec toi et, peut-être, laisser la vérité voir le jour naturellement…

— Naturellement ? Dans une salle pleine d'inconnus ? Quand je ne peux pas réagir ? À quoi tu pensais, Max ? je hurle. Comment as-tu pu vouloir me faire tant de mal ?

Il lève les mains et vient vers moi, et cette fois-ci je ne peux pas reculer pour m'enfuir.

— Mia, je ne te ferais jamais de mal volontairement. Les choses n'étaient pas censées se dérouler ainsi. Je ne savais pas que Sofia allait poser toutes ces questions, et tout est arrivé très vite. Tu es ma sœur. Je t'aime déjà.

Ses yeux vert pâle s'assombrissent et sa mâchoire tressaille.

— Mia, je préférerais mourir que de te blesser.

Je ferme les yeux, frappée par son honnêteté. Il m'aime. Mon frère. J'ai un frère. Bon sang, c'est complètement dingue et je ne pas la moindre idée de la manière dont je dois réagir. Tout ce que je sais, c'est que je dois partir d'ici.

— Ramène-moi à la maison.

— À Las Vegas ? il demande d'une voix tremblante.

— Non ! Au ranch. J'ai besoin de temps. Et j'ai besoin de réfléchir au meilleur moyen de le dire à Maddy.

Il hoche la tête et déverrouille son pick-up.

Il ouvre ma portière puis il s'installe au volant. Lorsque nous sommes à dix minutes du ranch, il pose sa main sur mon genou.

— Je sais que tu t'en fiches pour l'instant et je sais que tu essaies de digérer toute cette histoire, mais je suis super-content que tu sois ma sœur. Quand mon père est mort, avant qu'on ne trouve son testament, j'étais complètement perdu. Quand j'ai découvert que j'avais une sœur, quelqu'un de mon sang, j'ai eu un nouveau but dans la vie. J'ai pu me concentrer sur quelque chose de bien. Quand j'ai vu ta photo sur ce site… tu ressemblais comme deux gouttes d'eau à ma mère… j'ai su que tout allait bien se passer. Que je ne serais plus seul.

— Pourtant, tu as Cyndi et Isabel, et bientôt tu auras un fils. Tu n'es jamais seul !

Je pose ma main sur son genou et je le serre.

— Oui, et mon avenir est avec eux. Mais il y a quelque chose de spécial à partager un parent. Comme si on était les deux faces d'une même pièce. J'ai toujours eu le sentiment qu'un morceau de moi me manquait, comme je te l'ai dit. Quand je t'ai vue, je me suis souvenu qu'on s'était croisés il y a longtemps, et j'ai su que c'était vrai.

Je regarde par la fenêtre.

— J'ai rêvé de toi toute ma vie. Enfin, je ne savais pas que c'était toi, mais je me souviens d'un garçon qui a joué avec moi sur une aire de jeux et qu'on a passé l'après-midi à lui chercher une nouvelle maman ! je m'exclame en riant.

— Ouais, j'ai beaucoup repensé à ce jour-là, en me demandant ce qui était arrivé à cette dame dont Papa semblait si amoureux. Je comprends, maintenant. Papa courait après ta mère alors qu'elle ne voulait pas être rattrapée.

Je soupire et croise les bras.

— Ouais, eh bien, mon père n'a pas réussi à l'avoir non plus. Tu ne sais pas où elle est ?

Il secoue la tête et évite un obstacle sur la route.

— Je n'ai jamais essayé de la retrouver.

— Avec ton argent et tes contacts, ça devrait être assez facile, non ?

Il me regarde du coin de l'œil, mais ne quitte pas la route des yeux.

— Oui, mais le problème, ma belle, c'est que quand une femme abandonne son bébé, qu'elle se remarie et qu'elle fuit sa nouvelle vie au bout de dix ans, elle ne veut clairement pas d'une famille, sinon elle ne serait jamais partie. Parfois, les gens ne veulent pas être retrouvés, sinon ils ne s'enfuiraient pas.

Je réfléchis quelques instants à sa théorie tandis que nous remontons l'allée de son ranch. Il n'a pas tort, mais je repense à mon rêve d'hier soir et je me dis qu'une alternative est possible.

— Tu n'as jamais pensé qu'elle voulait peut-être que quelqu'un lui coure après, justement ?

Max coupe le moteur, enlève son chapeau et passe sa main dans ses cheveux.

— Tu sais, je n'ai jamais vu les choses ainsi. Tu en penses quoi, toi ? demande-t-il en se tournant vers moi.

— Je crois que notre mère commettait beaucoup de fautes. Et quand les gens font beaucoup d'erreurs, ils ne veulent pas que celles-ci tachent les quelques belles choses qu'ils ont réussies. Peut-être qu'elle nous aimait plus que nous le pensons.

— Si c'est le cas, on devrait peut-être envisager de la rechercher, répond Max en fronçant les sourcils.

— Je suis d'accord.

Voilà une bonne décision de prise. Max emploiera ses ressources pour retrouver notre mère. J'ai une ou deux questions à lui poser, moi aussi. La première étant pourquoi elle ne nous a jamais dit que nous avions un frère.

*

La portière de la limousine est à peine ouverte que la tête blonde de ma sœur apparaît. J'en ai le souffle coupé. Madison Saunders, ma petite sœur, est canon dans son jean trois-quarts, ses sandales à talons compensés et son débardeur. Elle tend son sac à Matt qui a tout juste le temps de le saisir alors qu'elle court vers moi, bras ouverts, sourire aux lèvres. Je me prépare à être frappée par son poids et lorsqu'elle se jette sur moi, c'est comme si un nuage d'amour m'avait enveloppée pour remplir tout mon être de bonheur exquis.

Maddy pousse un cri de joie strident dans mon oreille. D'habitude, je l'aurais fait tournoyer dans les airs, mais aujourd'hui je la serre si fort contre moi que rien ne pourrait me l'arracher. Je suis soudain saisie d'une peur horrible à l'idée de la lâcher. Cette belle jeune femme est tout pour moi et elle l'a toujours été. J'ai beau être excitée de la voir, ma joie est assombrie par l'angoisse liée à la véritable raison de sa présence.

Elle recule et fronce les sourcils en prenant mon visage dans les mains.

— Qu'est-ce qui ne va pas ? Pourquoi tu es triste ? demande-t-elle en essuyant les larmes dont je n'avais pas conscience.

— Tu m'as manqué, c'est tout, je dis pour l'apaiser.

— Tu me mens et je n'aime pas ça, mais je t'interrogerai plus tard.

J'éclate de rire en reniflant.

— D'accord ma puce. Laisse-moi te regarder !

Je la tiens à bout de bras et elle s'illumine comme un rayon de soleil lors d'un jour de pluie.

— La plus belle fille sur terre, mais…

— Seulement lorsqu'elle sourit, conclut Matt.

Il prend ma sœur par la taille et la ramène contre lui, l'arrachant à mes bras. Il me le paiera.

— C'est ma phrase, ça ! je grogne en le fusillant du regard.

— Je sais, répond-il en riant et en jouant des sourcils. Maddy m'a répété ça un million de fois. J'ai hâte de l'entendre dire ça à nos enfants, un jour.

Il frotte son nez contre celui de ma sœur et je suis tiraillée entre l'envie de l'étrangler et de le serrer dans mes bras.

Derrière moi, quelqu'un se racle la gorge.

— Maddy, il y a… il y a des gens que j'aimerais te présenter.

Je me tourne vers Maxwell et Cyndi dans les bras l'un de l'autre. Isabel est sur les marches du perron derrière eux, occupée à les monter et à les descendre en sautant à pieds joints. Max est bouche bée, les yeux écarquillés, tout comme Cyndi qui ressemble à une biche prise dans les phares d'une voiture. Aucun des deux ne dit mot.

— Euh, les mecs, allô ? je marmonne en claquant des doigts pour les tirer de leur transe.

— Mon Dieu… chuchote Max.

— Waouh, siffle Cyndi.

— Je te promets qu'ils ne sont pas aussi bizarres en temps normal. Je te présente Maxwell Cunningham et sa femme, Cyndi. Les amis, voici ma petite sœur, Madison Saunders, et son fiancé, Matt Rains.

Maddy hausse les sourcils et Max et Cyndi continuent de la dévisager en silence. Cyndi finit par se reprendre, mais ses paroles ne font rien pour mettre Maddy à l'aise.

— Elle a l'air… Bon sang, elle te ressemble comme deux gouttes d'eau.

— C'est incroyable, murmure enfin Max en penchant la tête sur le côté.

Matt passe un bras autour de la taille de Maddy et ils font tous les deux un pas en arrière.

— Qu'est-ce qui se passe ? On dirait que vous avez vu un fantôme, dit-il.

C'est exactement ce que j'étais en train de me dire. Cela dit, ce doit être étrange de voir sa sœur pour la première fois. Surtout lorsqu'elle vous ressemble autant. Max et Cyndi continuent d'inspecter Maddy et je m'inquiète qu'ils ne finissent par cracher le morceau. Il faut que la nouvelle vienne de moi et de personne d'autre.

Isabel finit par se faufiler entre les jambes de ses parents et elle lève la tête vers les nouveaux arrivants.

— Waouh ! Tu es belle comme une princesse ! s'exclame-t-elle en tapotant la jambe de Maddy.

Nous avons toujours aimé les enfants, mais ma sœur semble avoir un pouvoir spécial sur eux, elle les attire comme un aimant. Elle s'accroupit devant Isabel, qui saisit une mèche de ses cheveux et ouvre grand les yeux.

— Ils sont jaunes comme les miens et ceux de papa !

J'étudie la petite fille et je suis frappée par sa ressemblance avec Maddy. Soudain, je regarde Max d'un œil nouveau. Leurs cheveux dorés sont les mêmes, et même leur teint et la forme de leur visage sont identiques. En fait, ce sont eux qui ont l'air d'être frère et sœur alors que Max et moi n'avons que quelques vagues ressemblances.

Maddy regarde Max en souriant et je ne vois plus que leurs traits communs. Non seulement les sourires de Maddy et d'Isabel sont jumeaux mais celui de Max est une troisième copie conforme. C'est comme si je regardais leur ADN sous un microscope. Maxwell, Maddy et Isabel ont le même sourire, mais ce n'est pas le même que celui de ma mère et le mien. On m'a répété sans cesse que Meryl et moi avions exactement le même sourire, et j'ai toujours pensé que Maddy ressemblait à papa, mais en fait je ne me souviens pas d'une seule fois où je les ai comparés tous les deux.

— Et tu t'appelles comment, toi ? demande Maddy en caressant la tête de la petite.

— Isabel, mais Bell, aussi.

— Eh bien je trouve que tu es la plus jolie petite fille que j'aie jamais vue, donc si tu trouves que je suis une princesse, alors toi tu dois être la reine ! s'exclame ma sœur en posant sa main sur sa poitrine. Peut-être qu'on pourra jouer pendant que je suis là ? Après que j'aurai fait connaissance avec tes parents et passé du temps avec ma sœur ? Qu'est-ce que tu en penses ?

— Super ! s'écrie Isabel en tapant dans ses mains.

Soudain, sans prévenir, elle gravit les marches en courant.

— Je vais chercher ma couronne !

— Je suis ravie de rencontrer les amis de Mia, dit Maddy en offrant sa main à Max. Et, encore une fois, merci de nous avoir envoyé un jet privé et une limousine, c'était génial !

— Le plaisir est pour moi, Miss. Allez, entrez, entrez. Cyndi a préparé certains de ses meilleurs plats. Du poulet pané, des gombos, des macaronis au fromage et une bonne tarte à la noix de pécan.

Cela fait deux semaines que je me régale des plats de Cyndi et j'en ai déjà l'eau à la bouche.

— Sincèrement, Cyndi est la meilleure cuisinière que je connaisse. Venez.

— Après vous, répond Maddy.

Je prends la main de ma sœur et lui donne un petit coup d'épaule.

— Merci d'être venue. Tu m'as manqué.

— Je ne raterais jamais une occasion de te voir, tu le sais bien. Surtout quand je peux prendre un jet privé ! s'exclame-t-elle. Mon Dieu, si tu nous avais vus ! On nous a servi du champagne ! Et ils n'ont même pas demandé nos cartes d'identité, chuchote-t-elle dans mon oreille pour que je sois la seule à entendre.

Comme toutes les sœurs, Maddy et moi avons l'habitude de nous confier des secrets. Maintenant, Max fait partie de la famille, et c'est moi qui ai l'immense responsabilité de l'annoncer à Maddy.

Jusqu'à présent, il n'y avait que papa, Maddy et moi, un trio d'âmes solitaires abandonnées par leur femme et mère. Je sais désormais qu'il y a une nouvelle pièce au puzzle, et les répercussions sur notre famille et notre identité sont énormes. Je ne me suis même pas encore habituée à l'arrivée de Matt dans nos vies. Je me demande si Maddy a pu s'y faire, avec tout le travail qu'elle a à la fac.

Elle n'a pas une vie facile, pour une gamine de vingt ans. Son père est dans le coma, sa sœur parcourt le pays en tant qu'escort, elle vient de se fiancer et d'emménager avec son mec, et maintenant elle va devoir accepter d'avoir un grand frère. Je ne sais pas si elle va y arriver. Maddy est plus fragile que moi et c'est ce qui la rend si spéciale, même si elle me rappelle souvent qu'elle n'est pas faite de sucre et qu'elle ne va pas voler en éclats dès qu'elle apprend une mauvaise nouvelle. Toutefois, cela fait quinze ans que je m'occupe de la protéger des horreurs de la vie, et je ne sais toujours pas si la nouvelle de Max est bonne ou mauvaise.

Je me sens minable d'envisager que Max et sa famille soient une mauvaise nouvelle pour nous, mais ce n'est vraiment pas simple. Un frère. Nous avons un grand frère qui est né longtemps avant nous. Maman le savait et elle ne nous l'a jamais dit. Je l'ai rencontré deux fois ! Elle a eu de nombreuses fois l'occasion de me le dire, et elle a préféré se taire. Je me demande si papa était au courant, mais non, c'est impossible. Il nous l'aurait dit, sinon. Sa famille était trop importante pour lui, je le sais, même s'il n'a pas toujours su le montrer.

Et le pauvre Max ? Maman l'a abandonné quand il était tout petit. Il était si jeune qu'il ne se souvient même pas d'elle. Un peu comme Maddy qui n'a aucun souvenir. Alors que moi, je me souviens de tout. Dans le moindre fichu détail. Plus j'y pense et plus je suis énervée. Comment a-t-elle osé abandonner Max ? Comment a-t-elle pu fuir à Las Vegas, épouser papa, nous avoir Maddy et moi, puis répéter le schéma en disparaissant de nouveau ? Pourquoi a-t-elle autant de facilité à laisser ses enfants derrière elle ?

Je regarde Maddy éclater de rire en écoutant Max, puis mon regard se pose sur sa main dans celle de Matt. L'éclat qui brille dans ses yeux est incroyable. Quant à son sourire… je ne suis pas poète, mais je pourrais écrire un sonnet sur sa capacité à illuminer une pièce. Je ne pourrais jamais tourner le dos à l'amour et à la confiance de Maddy. Or, notre mère l'a fait et pas une mais trois fois. Elle nous a fait encore plus de mal en ne nous informant pas de l'existence des autres. Max a trente ans, j'en ai vingt-cinq et Maddy vingt. Nous avons perdu plus de vingt ans de complicité fraternelle que nous ne récupérerons jamais.

Je pense à toutes les vacances, les anniversaires, les fêtes de famille et les cérémonies de remise de diplôme que nous avons manqués, et une colère noire se met à bouillir en moi. Un monstre diabolique aux griffes acérées et à la soif de vengeance insatiable grandit en moi et je dois faire un effort surhumain pour ne pas le libérer. Meryl Colgrove-Saunders, ma mère, a commis les pires péchés dont une femme soit capable.

Elle a brisé le cœur de deux hommes qui n'ont plus jamais pu croire en l'amour.

Elle a abandonné ses trois enfants.

Elle a ôté à ces enfants l'amour de leurs frère et sœurs.

Je regarde Maddy et Max interagir et je repense à toutes les fois où elle aurait dû être là. Je veux la retrouver plus que jamais, j'en ai besoin, même. Cette fois, elle devra admettre ses fautes, pour ses enfants, si ce n'est pour les hommes dont elle a brisé le cœur. Je n'ai plus aucune compassion pour elle. C'est de moi, Maddy et Maxwell que j'ai pitié.

Je me suis souvent demandé, au fil des ans, pourquoi elle était partie, ce que j'avais fait pour que sa vie à mes côtés soit si insupportable. Ce que papa avait pu faire. Maintenant que je sais qu'elle a quitté Jackson et Maxwell aussi, une haine violente prend racine dans mes entrailles et se déverse dans mes veines.

— Mia, reviens parmi nous, dit Maddy en me tendant une bière. On trinque.

— À quoi trinquons-nous ? demande Max en me regardant dans les yeux.

Son regard est à la fois joyeux et plein de tristesse, et je me demande si j'ai eu la même expression durant les quinze dernières années.

— Rien n'est plus important que le présent. C'est pour ça qu'on appelle ça un cadeau, je dis en levant ma bouteille.

— Je peux boire à ça, répond Max d'une voix pleine d'émotion que seules Cyndi et moi pouvons comprendre.

— Et à l'avenir ! Puisse-t-il être aussi joyeux que ce jour ! s'exclame Maddy.

— À l'avenir !

Puisse-t-il exaucer nos vœux les plus chers.

Chapitre 10

C'est la dixième fois que j'essaie d'appeler Wes et que je tombe sur sa messagerie. Le jour où j'ai appris que Max était mon demi-frère, il m'a écrit qu'il partait en Asie pour retourner une scène parce qu'un des acteurs avait eu un accident de voiture mortel et que certaines scènes devaient être filmées de nouveau. Je suppose qu'il ne doit pas avoir de réseau, mais ça ne m'empêche pas d'essayer de le joindre tous les jours depuis cinq jours.

Le fait que je ne puisse pas parler à Wes de cette nouvelle colossale est vraiment difficile.

J'ai appris à beaucoup compter sur lui, en si peu de temps. Peut-être est-ce justement cela, le véritable amour, lorsque les membres d'un couple s'appuient tant l'un sur l'autre que plus personne ne peut servir de remplacement. Bien sûr, j'ai Ginelle à Las Vegas, mais je ne suis pas prête à lui confier la nouvelle. Et puis, Maddy mérite de le savoir avant ma meilleure amie. Or, je n'ai toujours pas trouvé le meilleur moyen de lui dire que Maxwell est notre demi-frère. En revanche, j'ai volé sa brosse et j'ai demandé à Max de faire un test ADN sur ses cheveux. Je veux une preuve tangible qu'il est son demi-frère, même si je ne peux douter que c'est le cas.

Plus je passe de temps avec eux, plus c'est moi qui ai l'impression d'être l'intruse. Non seulement ils se ressemblent comme deux gouttes d'eau mais ils ont le même sourire facile, les mêmes gestes, la même façon de pencher la tête sur le côté lorsqu'ils réfléchissent ou de passer la main dans leurs cheveux. Ils sont unis par un lien que je n'arrive pas à comprendre et que je ne souhaite pas déchiffrer.

Maddy a toujours été à moi, et maintenant je dois la partager.

Bien sûr, Max est génial. Il me traite déjà comme sa petite sœur, même s'il s'en remet à moi pour ce qui concerne Maddy. Heureusement, il respecte notre relation et tout ce que j'ai sacrifié durant toutes ces années, et il n'essaie pas d'empiéter sur notre complicité. Seulement, il me demande tous les jours quand nous allons lui annoncer la nouvelle. Il ne nous reste que deux jours avant qu'elle et Max repartent à Las Vegas et moi à Malibu. Je ne sais même pas si Wes y sera, en fait, et je ne sais pas si cela me plaît d'être seule dans cette grande maison. C'est censé être chez moi, mais je n'ai pas eu le temps de m'y faire. Pour l'instant, c'est là que je vais me reposer entre deux clients.

Quelqu'un frappe à la porte de ma chambre.

— Entrez, je réponds en refermant mon journal intime.

Je souris lorsque Max montre sa tête, mais ce n'est que de courte durée, car je réalise qu'il est suivi par Ree Cee Zayas, son avocate. Bon sang, me voilà en legging et en débardeur, pieds nus, cheveux mouillés et sans maquillage, et elle est vêtue d'un tailleur coquelicot assorti à son rouge à lèvres.

— Euh, qu'est-ce qui se passe ? je demande en regardant Max et Ree Cee tour à tour.

— J'ai une information étonnante à propos du test ADN que M. Cunningham et vous-même avez demandé pour Madison Saunders, dit l'avocate.

Sa façon de parler me glace le sang et je suis saisie de panique.

— Quoi ? Qu'est-ce que c'est ? Elle va bien, n'est-ce pas ?

Je n'ai aucune notion de ce que peut révéler un test ADN en termes médicaux, mais l'idée qu'il ait montré quelque chose d'étonnant ne peut pas être bon.

Max s'assied sur le lit à côté de moi et passe son bras sur mes épaules.

— Détends-toi, sucre d'orge. Maddy va parfaitement bien. Ce qui est choquant, c'est ce que le test révèle à propos de ses gènes. J'ai fait venir Ree Cee pour qu'elle te le dise directement et je voulais être là pour que tu saches que je suis avec toi.

Je ravale le nœud dans ma gorge et je pose mes deux mains sur ma poitrine.

— Max, tu me fais peur…

Ses épaules s'affaissent et il prend mon visage dans ses mains avant de déposer un baiser sur mon front.

— Ne t'en fais pas. Tout le monde va bien. Allez-y, Ree Cee, dites-lui ce que vous avez trouvé.

Un silence pesant s'abat sur la pièce et l'air se charge de tension, comme si un brouillard épais nous enveloppait.

— C'est plus simple si je vous montre, dit-elle en alignant trois feuilles sur le lit devant moi.

L'une des feuilles porte mon nom, la deuxième celui de Max et la dernière celui de Maddy. Pour ce qui est du reste, je vois les mêmes petits carrés que sur l'écran la semaine dernière.

— Vous voyez la manière dont beaucoup de vos marqueurs génétiques s'alignent avec ceux de M. Cunningham ?

Je hoche la tête et elle désigne ensuite la feuille de Max et de Maddy.

— Maintenant, regardez ceux-ci. Vous voyez ?

Les carrés et les lignes sont quasi-identiques, comme des copies conformes.

— Oui, je vois. Qu'est-ce que ça veut dire ? je demande en fronçant les sourcils.

— Maintenant, regardez votre feuille et celle de Madison.

Beaucoup des carrés s'alignent, mais il y en a tout un tas qui sont très différents, comme Max et moi.

— Je ne comprends pas, je dis en haussant les épaules.

Max me frotte le dos tandis que Ree Cee soupire.

— Mademoiselle Saunders, ce test a été fait trois fois pour qu'on soit certains des résultats. C'est M. Cunningham qui les a demandés pour qu'on ne puisse pas avoir de doute.

— Et ? Crachez le morceau, bon sang ! On sait déjà que Maddy est la sœur de Max, alors qu'est-ce qui est si surprenant ?

Maxwell ferme les yeux, mais il ne dit pas un mot.

— Mademoiselle Saunders, ce test montre que les marqueurs génétiques de Madison Saunders et Maxwell Cunningham sont cent pour cent les mêmes. Ils ont la même mère et le même père. Quant à vous, vous avez la même mère qu'eux, mais vous n'avez pas le même père.

La terre cesse de tourner autour de moi. Chaque muscle se fige en moi et mon cœur ne bat plus. Je ne peux plus respirer. Ma vue devient floue et mes oreilles se mettent à bourdonner.

— Bon sang, elle va s'évanouir, dit Max.

C'est la dernière chose que j'entends avant que tout devienne noir autour de moi.

*

Lorsque je reviens à moi, le côté gauche de mon corps est bouillant et ma main droite est paralysée. Je cligne plusieurs fois des yeux, et je me souviens que je suis dans ma chambre chez les Cunningham. Il fait plus sombre maintenant et seule une petite lampe est allumée dans un coin. Un murmure lointain me parvient, comme lorsqu'une brise porte un son de loin. Je tends l'oreille et je réalise que cela vient de ma droite.

— Faites qu'elle aille bien. Je ne peux pas la perdre alors que je viens de la retrouver. C'est impossible. Faites qu'elle aille bien, marmonne Max.

Je tourne la tête et je vois qu'il est penché sur le lit, le front appuyé sur nos mains jointes. Il serre si fort la mienne que je crois que ma circulation est bloquée. Je gigote les doigts et il lève brusquement la tête.

— Dieu merci ! s'exclame-t-il en venant vers la tête du lit pour déposer des dizaines de baisers sur mon front. Tu nous as fichu une sacrée trouille, dit-il, les larmes aux yeux. Ça fait une heure que tu t'es évanouie.

J'essaie de me tourner sur le côté, mais un poids m'en empêche. Je tourne la tête et je trouve Maddy blottie contre moi, un bras sur ma taille. Sa tête est nichée contre mes côtes et son souffle est lent et régulier.

— Qu'est-ce qui s'est passé ? je chuchote pour ne pas la réveiller.

Cela fait bien trop longtemps que je n'ai pas câliné ma sœur de cette manière.

— Tu t'es évanouie et tu es tombée dans un sommeil profond. J'ai fait venir un voisin qui est médecin et il a dit que tu allais très bien et que tu dormais à poings fermés. Il a dit que le corps peut parfois avoir cette réaction quand il est confronté à une information que le cerveau n'arrive pas à accepter. Je suis désolé, Mia. Je ne savais pas que cela aurait cet effet sur toi.

— Ne t'en fais pas, je vais très bien. J'ai très peu dormi ces derniers temps parce que je pensais sans cesse à cette affaire. Et j'étais inquiète pour mon copain, ça fait plusieurs jours que je n'ai pas eu de nouvelles et il est sur un tournage en Asie. Je crois que l'annonce de ton avocate était la cerise sur le gâteau, c'est tout.

Max hoche la tête alors que Maddy ouvre les yeux.

— Eh, tu vas bien ? demande-t-elle en se redressant.

Je passe la main dans ses cheveux en étudiant son beau visage, ses yeux identiques aux miens, son petit nez en trompette et ses lèvres rouges et pulpeuses. Peu importent les tests ADN, elle reste ma sœur, même si ce n'est qu'à moitié.

— Je vais bien, mais il faut qu'on te parle de quelque chose.

Je recule contre la tête de lit et trifouille les franges du plaid. Je parie que c'est Cyndi qui l'a fait de ses propres mains, c'est vraiment le cliché de la femme parfaite. Max s'assied au pied du lit et pose une main sur mon genou, un geste réconfortant auquel je commence à m'habituer, venant de mon grand frère.

— Maddy, ma chérie, on a appris quelque chose à propos de nous et de notre famille.

— Ah ?

— Il s'avère que notre mère a eu un enfant avant nous.

Elle recule brusquement et me regarde bouche bée.

— Je sais, crois-moi j'étais choquée moi aussi. Mais euh, ma puce, c'est Max… Max est notre grand frère, je confesse d'une voix douce, essayant de faire appel à la compassion en elle.

Elle écarquille les yeux, puis elle fait une chose à laquelle je ne m'attendais pas du tout. Elle sourit.

— Tu es notre vrai frère ? demande-t-elle d'une voix pleine d'espoir.

— Oui ma belle, je le suis, répond-il en hochant la tête.

— Mais comment c'est possible ?

— J'ai découvert ça grâce au testament de mon père. Il laissait la moitié de l'entreprise à une certaine Mia Saunders.

— Tu plaisantes ! s'écrie-t-elle en couvrant sa bouche.

— Pas du tout, répond Max en riant doucement. Bref. J'ai engagé un détective pour trouver Mia Saunders et quand j'ai vu la photo de ta sœur, j'ai su qu'elle devait être la mienne aussi. On s'était même rencontrés quand on était petits, un jour où mon père était allé à Las Vegas.

— Max a fait faire des tests ADN sur toi et moi, et ils ont confirmé qu'on était tous les trois frère et sœurs.

Maddy se met à genoux sur le lit et pose ses mains sur ses cuisses. Elle semble prendre la nouvelle bien mieux que ce à quoi je m'attendais.

— C'est trop cool ! s'écrie-t-elle en prenant Maxwell dans ses bras. J'ai toujours voulu un frère !

Ouaip, bien mieux. Moi qui ai passé la semaine à angoisser à ce sujet ! Cela dit, je ne lui ai pas encore tout révélé.

Je tapote Maddy dans le dos et Max libère son étreinte. Elle essuie quelques larmes et sourit.

— Ma puce, ce n'est pas tout, et je ne sais pas trop comment te dire la suite.

Son sourire s'efface et elle penche la tête sur le côté.

— Tu peux me le dire, Mia. La nouvelle que tu viens de m'annoncer est déjà géniale. Notre famille est plus grande, on n'est plus toutes seules. Maintenant, on a un frère et une belle-sœur. Et une nièce et bientôt un neveu ! J'ai hâte de le dire à Matt et papa. Ça va être une année superbe. Matt vous inclura dans le mariage, et Isabel sera demoiselle d'honneur…

Je soupire et Max pose une main sur son épaule.

— Ma belle, ta sœur essaie de te dire quelque chose qui ne va pas être facile à avaler. Tu sais que je suis ravi qu'on forme une famille, moi aussi.

Elle le regarde en souriant jusqu'aux oreilles. Bon sang, ça craint, pourquoi c'est toujours à moi d'annoncer les mauvaises nouvelles ? Si seulement je pouvais m'arrêter à l'annonce que Max est notre grand frère… Mais non, il faut aussi que l'homme qu'elle a considéré comme son père toute sa vie ne soit pas son père biologique. Ah, et que son véritable père soit mort, de sorte qu'elle ne pourra jamais le rencontrer.

— Mads, l'avocate a trouvé autre chose dans ton ADN, je dis en essuyant mes larmes.

Max me tend la main et me regarde d'un air triste. Il sait combien cela me coûte d'annoncer ça à Maddy et il est là avec moi. Il déteste savoir que je souffre.

— Je peux ? demande-t-il.

Soudain, je comprends que je ne suis plus seule. Cela ne fait qu'une semaine que Max est mon frère, mais il est déjà prêt à prendre le relais lorsque les choses sont trop difficiles pour moi.

— Maddy, ma puce, ce que Mia essaie de te dire, c'est que l'avocate a découvert que toi et moi avons les mêmes parents.

Elle cligne des yeux plusieurs fois, mais ne bouge pas.

— Tu veux dire qu'on a tous les trois les mêmes parents ? Mais est-ce que ça ne voudrait pas dire que papa est ton père aussi mais qu'il ne le sait pas ? elle demande en haussant les sourcils.

Mon estomac se noue et ma poitrine se contracte tandis que je m'apprête à dire quelque chose qui changera nos vies à jamais.

— Non, ma chérie. Papa n'est pas ton père, justement. Toi et Maxwell avez les mêmes parents. Ça veut dire que Jackson Cunningham était ton véritable père.

Elle fond brusquement en larmes, secouée par de violents sanglots.

— Mais, mais papa… je ne comprends pas, dit-elle en secouant la tête et en couvrant son visage.

Je l'attire dans mes bras et elle enfouit sa tête dans mon cou, comme elle l'a fait des centaines de fois.

— Mais tu es quand même ma sœur, hoquète-t-elle.

— Oui ma puce, on est toujours sœurs, mais seulement à moitié.

— C'est pas à moitié pour moi ! sanglote-t-elle.

Je l'embrasse et lui caresse le dos en lui chuchotant que je l'aime, que je serai toujours là, que rien ne changera entre nous, et je lui rappelle qu'on a désormais un frère.

Elle finit par cesser de trembler et sa respiration redevient lente et régulière, signe qu'elle s'est endormie d'épuisement, comme souvent.

Max se lève et fait les cent pas dans ma chambre.

— Elle va s'en remettre ?

Il est tendu et sur les nerfs, comme un animal en cage prêt à passer à l'attaque. Il ne nous connaît même pas et il semble déjà prêt à tout pour nous.

— Oui, ça va aller. Ça ne va pas être évident pour elle, ni pour moi d'ailleurs, mais on est habituées à se remettre d'épreuves difficiles.

Il fronce les sourcils et me dévisage froidement.

— C'est différent, maintenant, déclare-t-il. Vous avez la fortune de notre famille et le réseau qui va avec.

— Mais on ne veut pas de ta fortune ou de ton réseau.

— Peu importe, puisque vous l'aurez. Les avocats sont déjà en train de te transférer les quarante-neuf pour cent de l'entreprise.

— Quoi ? Tu plaisantes ?

Il s'arrête et me regarde en posant ses mains sur ses hanches.

— Rien n'a changé, Mia. Le testament est immuable. À l'évidence, mon père n'était pas au courant pour Maddy, mais il t'a légué la moitié de l'entreprise.

— Je n'en veux pas !

— Tu ne veux pas faire partie de la famille ? répond-il, vexé.

— Si bien sûr, mais je n'ai pas besoin de ton entreprise pour être ta sœur. Et tu fais quoi de Maddy ? C'est elle ta vraie sœur !

— Toi aussi ! À moitié ou à cent pour cent, c'est la même chose pour moi.

Je ferme les yeux et j'essaie de réfléchir, mais trop d'émotions se bousculent en moi.

— Dans ce cas, je veux lui donner ma moitié.

— Quoi ? Tu vas donner l'équivalent de plusieurs milliards de dollars en actions à ta petite sœur ?

— C'est la seule personne qui compte, je rétorque.

— Ouais, et toi tu te tues au travail pour payer ses études, tu vas d'un coin du pays à l'autre avec des étrangers pour payer la dette de ton père, mais tu refuses de prendre l'argent qui te revient de façon légitime ? Tu as une façon étrange de procéder, ma belle.

— Je le dirai moi-même à Ree Cee.

— Trop tard. Je lui ai déjà dit de diviser l'entreprise en trois parts égales. Maddy et toi serez bientôt des femmes très riches. Toutefois, il va falloir environ six mois pour que tout soit en ordre.

— Mais Jackson n'était pas mon père. Pourquoi je devrais prendre une part de la boîte ? Divisez-la entre vous !

— Ce n'est pas ce que Papa voulait. Il savait qui tu étais et que tu n'étais pas sa fille, et il voulait quand même que tu hérites de sa fortune. S'il avait su que Maddy était sa fille, je sais qu'il aurait tout divisé en trois. C'est le genre d'homme qu'il était.

— Tu ne vas pas changer d'avis, n'est-ce pas ?

— Non, rétorque-t-il.

— Tu es toujours comme ça ?

— Comme quoi ?

— Autoritaire, têtu et incapable d'admettre que tu te trompes ? je réponds alors qu'un sourire involontaire s'étend sur mes lèvres.

Il s'assied sur le lit et prend ma main.

— Quand il s'agit de ma famille, absolument.

*

Les vibrations de mon téléphone me tirent d'un profond sommeil et je réponds sans regarder qui m'appelle. C'est sans doute Millie. Je lui ai écrit pour lui demander de m'envoyer les infos concernant mon prochain client et de m'accorder quelques jours à Malibu. Elle a accepté, mais je n'ai pas pris la peine de regarder qui était mon prochain employeur. Sans doute prend-elle de mes nouvelles, étant donné que je pars demain. Maddy et Matt rentrent à Las Vegas aujourd'hui dans le jet de Max. Elle semble accepter peu à peu qu'elle a un frère, qu'elle est sur le point de devenir riche et que l'homme qui l'a élevée n'est pas son père.

— Allô, allô, Mia Saunders ? demande une voix nasale.

— Euh, oui, je suis Mia Saunders, je réponds en me raclant la gorge. Qui est-ce ?

— Je m'appelle Wilma Brown, je travaille à la maison de convalescence où est votre père, à Las Vegas.

Je m'assieds brusquement dans le lit, comme si on venait de me jeter un seau d'eau sur la tête.

— Que se passe-t-il ? Est-ce que mon père va bien ?

— Mademoiselle Saunders, je crains que l'état de votre père ne se soit soudain aggravé. Il a contracté un virus qui a attaqué son système nerveux et nous n'avions pas de dossier médical puisque votre père n'a jamais été hospitalisé. Nous lui avons donné l'antibiotique le plus puissant pour lutter contre l'infection.

Oh non, non, non. J'entends à sa voix que les nouvelles sont très mauvaises.

— Est-ce qu'il va s'en sortir ?

— Je suis désolée, Mademoiselle Saunders, mais il a fait une réaction allergique à l'antibiotique et il a fait un œdème. On lui a donné l'antidote, mais il était également allergique à ça et il a fait un arrêt cardiaque.

Son cœur s'est arrêté. Son cœur s'est arrêté. Son cœur… stop.

J'ai beau me le répéter plusieurs fois, je ne peux pas l'encaisser.

— Mademoiselle Saunders ? Il est en vie, mais son état est critique. Son pronostic vital est engagé. Je suis désolée de vous le dire, mais ce pourrait être une question d'heures ou de jours. Vous et votre famille devriez venir le voir aussitôt que possible.

— Quoi ?

Il allait bien la dernière fois que je l'ai vu. Maddy m'a dit qu'il avait l'air en forme et que les médecins ne comprenaient pas pourquoi il ne se réveillait pas.

— Il n'a peut-être pas beaucoup de temps. Vous devriez vite venir si vous voulez lui faire vos adieux.

— Merci. Je vais prendre le prochain vol. Je vous en supplie, faites tout ce que vous pouvez.

— Bien sûr. Au revoir, Mademoiselle Saunders.

Son état est critique. Son pronostic vital est engagé. Venez vite. Faire vos adieux.

Je ferme les yeux et les mots défilent devant mes paupières fermées, comme ce ruban au bas des bulletins d'information à la télévision.

Peu importe le nombre de fois que je me répète la conversation, le résultat est le même. Mon père est en train de mourir.

À propos de l'auteur

Audrey Carlan vit dans la belle California Valley ensoleillée, à deux heures de la ville et de la plage, au milieu des montagnes et des vignes merveilleuses. Elle est mariée à l'amour de sa vie depuis plus de dix ans et elle a deux jeunes enfants qui méritent tous les jours leur titre de « monstres en folie ». Lorsqu'elle n'écrit pas des histoires d'amour érotiques, qu'elle ne fait pas du yoga ou qu'elle ne sirote pas un verre de vin avec ses « âmes sœurs » – trois voix uniques et incroyablement différentes dans sa vie –, on la trouve plongée dans un livre. Plus précisément un roman chaud et plein d'amour !

Elle apprécie tous vos retours, alors n'hésitez pas à la contacter aux adresses ci-dessous.

E-mail : carlan.audrey@gmail.com
Facebook : facebook.com/AudreyCarlan
Site web : www.audreycarlan.com

PAPIER À BASE DE FIBRES CERTIFIÉES

Le Livre de Poche s'engage pour l'environnement en réduisant l'empreinte carbone de ses livres. Celle de cet exemplaire est de :
250 g éq. CO_2
Rendez-vous sur www.livredepoche-durable.fr

Composition réalisée par Datamatics, Inc.

Imprimé en France par CPI
en juin 2018
N° d'impression : 3029185
Dépôt légal 1re publication : juillet 2018
LIBRAIRIE GÉNÉRALE FRANÇAISE
21, rue du Montparnasse - 75298 Paris Cedex 06

58/2152/2